五木寛之傑作対談集 I

五木寛之

平凡社

五木寛之傑作対談集　Ⅰ

五木寛之

装幀　奥定泰之

まえがき

私にとって「対談」は仕事ではない。いや、仕事ではあるが、そこには仕事をこえた大切なものがある。

それは言葉で人と語るということだ。言葉だけではない。表情や、動作や、発声などのすべてが言葉以上のものを物語るのである。

作家として自立して以来、私は対談の機会があれば一度もそれを拒むことがなかった。

対談の場は、私にとって学校のようなものだった。おおげさに言えば、私は対談を通じて作家になった、という感じさえする。

眠れない夜など、これまで五十余年の作家生活のなかで、対談をさせて頂いたかたがたのお名前を指折り数えることがある。その数が数百を過ぎた頃から眠りが訪れてくるのだが、もし夜を徹して数えてみたら一体どれほどの数になるのだろうか。

小説やエッセイ、詩、戯曲や演劇と同じように、私は対談を表現の大事な場として考えている。落語のような対談もあり、大学の講義のようなものもあり、ときには禅問答のような対談もある。

対談での論争が喧嘩になりかけたこともあった。また逆に、お互いに敬遠していた相手と対談の場で意気投合したこともある。あわただしいスケジュールのなかで、一瞬の対話をかわしたこともあり、またその逆の場合もあった。

同郷の廣松渉さんと、信州に泊まりこんで何日もぶっ通しで語り合ったことも忘れることができない。大先輩の羽仁五郎さんとは、あやうく対談中止になりそうな喧嘩もした。

ここにおさめられた対談は、それぞれ雑誌に掲載されたものがほとんどである。

ともすれば雑誌ジャーナリズムで刺身のツマのように考えられがちな対談を、私は自分のもっとも大事な表現の一つと考えてきた。

ここにおさめられた対談をあらためて読み返して、その思いがさらに深まるのを感じた。

人と会って、語りあう、その一瞬にも人間の真実がかいまみえる対談を、これまで以上に大切にしたい、と考えているところだ。

五木寛之

二〇二四年秋

五木寛之傑作対談集 Ⅰ ◉ 目次

五木寛之 × モハメド・アリ
Muhammad Ali
（プロボクサー）

五木寛之傑作対談集　1972年

余は如《い》何《か》にしてボクサーとなりしか

モハメド・アリ（Muhammad Ali）

1942年1月17日〜2016年6月3日。アメリカ合衆国ケンタッキー州ルイビル生まれ。元プロボクサー。1960年、当時18歳でローマオリンピック・ライトヘビー級金メダリストとなる。その後、プロ転向。22歳でWBA・WBC世界ヘビー級統一王者となった。ヘビー級史上初となる通算3度の王座獲得に成功し、通算19回の王座防衛を果たした。マルコムＸに師事し、イスラム教に改宗。出生名はカシアス・マーセラス・クレイ・ジュニア（Cassius Marcellus Clay Jr.）であったが、ネーション・オブ・イスラムへの加入を機に、リングネームをカシアス・クレイからカシアス・X、次いでモハメド・アリに改めた。ベトナム反戦運動など社会運動家としても活動した。

写真（前頁）は浅井愼平撮影、1972年

五木　飲みものは何を？　ぼくは悪いけど先にはじめちまった。ビールでもいかがですか。
アリ　いや、私はいいんです。
五木　じゃあ何か召し上がったらいい。〈ハナシノトクシュウ〉というのはビッグ・ビジネスですから、どんなに高いものを食っても大丈夫（笑）。
アリ　ありがとう。でも、ボクサー稼業というのは、いつもウエイトの調整に気をつかわなきゃならないのでね。
五木　では冷たい水でも、と言いたい所だけど、しかし水も体重に関係するだろうし、弱ったね。
アリ　でも、やっぱり食べようか（笑）。
五木　この店（麻布・白亜館）はロースト・ビーフが旨《うま》いという評判です。それともエビ料理がいいかしら。
アリ　いや、食物については充分な配慮が必要です。ミスター・イツキ、あなたは豚肉を食べますか？
五木　豚肉？　ええ、食べますとも。
アリ　どういうふうに料理して食べてるんです。
五木　トンカツとか――。

アリ　トンカ？

五木　いや、トンカーツ。つまりパン粉をつけて油であげるやつ。

アリ　なんの油であげるんです？

五木　うーん、あの油は何だろう。関西風がサラダオイルで関東風がゴマ油、いや、あれはテンプラの場合か。

アリ　豚肉は頭痛の原因になるのです。

五木　ほう。

アリ　低血圧の原因にもなります。

五木　？

アリ　それだけではありません。リューマチも豚肉がひとつの原因なのです。また豚肉の中には害虫がいて恐ろしい病気を引き起こす。これは医学的にも証明されていますよ。

五木　虫がいるという話は聞いたことがあるけど。

アリ　あなたは有名な作家だそうですから、こういった事は勿論《もちろん》ご存じだと思いますが、つまりそれらの害からのがれるためには、料理法が問題になるんですね。いまエビとおっしゃったけど、エビも充分な注意が必要です。

五木　エビにも虫がいるんですか。

アリ　いや、そうではなくて、つまりエビとかカニとかハマグリとかいった生物は、海底の一番汚い所に棲息しているわけですから、注意して食べなくてはなりません。いかに料理するかが大切です。私はそれらのことを黒人の兄弟たちに教えて、彼らの清潔《クリーン》な生活をつくりあげたいと願っているのです。

五木　ハマグリはともかく、エビやカニについてはいささか異論があるんだが、まあ、それはひとまずおいて、何か注文してください。

アリ　じゃあ、白身の魚を少し。

五木　給仕さん、白身の魚を選んであげてください。できるだけ海底に棲息しているのはさけて、海の上に泳いでいるやつを（笑）。

アリ　水をもう一杯。

カシアス・クレイという名前

五木　ところであなたのことを日本の新聞や雑誌はカシアス・クレイと書いてるけど、ぼくもあなたをミスター・クレイと呼んでいいですか？　もうひとつの名前で呼ぶほうがいいような気がするけど。モハメド・アリという――。

アリ　もうひとつの名前じゃなくて、そっちが正しい名前なんです。
五木　じゃあ、カシアス・クレイのほうは？
アリ　あの名前は六年前に捨ててしまったんでね。
五木　それはなぜ？
アリ　その頃まで私は黒人の本当の歴史というものを知らなかったわけです。だからカシアス・クレイと呼ばれても何ともなかった。しかし、その後、アメリカにおける黒人がどういう立場にあり、どういう歴史を持っているかということを勉強して、いろんなことを知るようになったんですね。そうすると、アフリカから黒人が奴隷としてアメリカへ運ばれてきた時のことがわかってきた。つまりですね、あれは奴隷としてアメリカへ送り込む際に、白人の奴隷管理者が黒人の名前を取り去ってしまったわけですよ。黒人が祖国のアフリカで持っていた本当の名を捨てさせて、アメリカ人の名前を勝手につけちまった。それがずうっと続いているんです。アメリカ人にはアメリカ式の名前、中国人には中国の名前、ロシア人にはロシア風の名前ってものがあるわけじゃないですか。黒人にも本来の黒人の名前というものがある。それを白人たちは暴力と金力でもってうばい取ってしまった。それによって私たちアメリカの黒人は、アメリカ人的な名前を持つようになったわけだ。カシアス・クレイというのは、そういう名前のひとつなんですね。だからそのことを知った時に、私はその名前を捨てた。なぜなら、われわれ黒人は今や白人の奴隷ではなくて、自由な一個の人間だから。そうでしょう？

五木　あなたの言ってらっしゃることは全く正しいと思いますよ。しかし、ここで、そうだ、全くその通りだ、なんて得々として相槌を打つことは、いささか気がひけるところもある。なぜって、何十年か前に朝鮮人に対して朝鮮の名前を捨てることを強制して、日本式の名前をつけさせたのはぼくら日本人ですから。それを創氏改名というふうにいったんですね。改名をこばんで自決した朝鮮の老人もいたのです。

アリ　なるほど。

五木　話をもとへもどして、そこで、あなたはモハメド・アリと——。

アリ　そう。アジアからやってきた黒人回教徒の名前を自分で選んでつけた。

五木　わかりました。じゃあ、ミスター・アリ、この辺で少し気楽な、ちっぽけな質問をあなたにしてみたいと思います。ぼくはあなたの社会的な活動や思想については、かなり良く知っているつもりですが、具体的なプライバシーについては全く知らない。ぼくにとって、子供の頃どんな遊びをしてたか、大きくなったらなにになりたかったか、なんて問題は、あなたの平和への主張と同じ位に関心があることなんだ。そこでひとつうかがいますが、あなたの人生でいちばん最初の記憶は一体どんなものでした？

アリ　最初の記憶？

五木　ええ。たとえばトルストイは、生まれた時に取り上げてくれた産婆さんの顔を憶《おぼ》えてたなんて話もあるけど。

アリ　ああ、そういうこと。うーん、そうだなあ。

五木　ぼくはどう考えても五歳以前の記憶がないんで、がっかりしてるんですがね。

アリ　そう。最初の記憶――か。

五木　イメージだけでいいんです。

アリ　えーと、うん、あれだな、そうだ。

五木　思い出しましたか。

アリ　あれはリンゴの樹だ。そうです、あれは私が四歳のときだと思いますよ。つまり、私が四歳の頃、ケンタッキー州のルイビルという町の、ちょっとはずれの所に住んでいたわけですが、何か理由があって町の反対側のほうへ引っ越しをしたんですね。

五木　なるほど。

アリ　その引っ越しをして、新しい家に着いてから、玄関をはいったら、いや、そうじゃない、ずうっと家の中を走り抜けて裏庭に出たんだ。そう、そしたらその裏庭にリンゴの樹が一本あったんです。

五木　……。

アリ　私はまっすぐ、そのリンゴの樹のところへ行って、その樹に登ったと思います。そしたら母が出てきて、怪我をするから早く降りておいでと叱《しか》られた。

五木　リンゴの樹か。それはとてもいい最初の記憶ですね。人間は最初の記憶がとても大事なんです。

アリ　ほう。

五木　もうひとつ、小さな質問を。あなたが子供の頃、はじめて好きになった女の友達、これは恋人という意味じゃなくていいんです。その女の子のことについて聞かせてくれませんか。どんな遊びをしたかとか、何を喋《しゃべ》ったかとか。例えばお医者さんごっこをしたことはありますか？

アリ　ドクター？

五木　いや、それはいいです。問題が複雑になりすぎるから。

アリ　私は子供の頃、ガールフレンドは全然いなかったんです。

五木　ただの仲のいい女の子も？

アリ　そんな娘はいなかったなあ。

五木　ちょっと不自然な気がする。

アリ　でも本当だから仕方がない。私のガールフレンドで最初に好きになったのは最初の妻ですよ。彼女とは好きになって結婚したんです。一九六四年のことです。それまでは本当にガールフレンドは一人もいなかった。私はそんなふうに清潔《クリーン》な生活を送ったがゆえに、よいボクサーになれたんだと思うんです。

五木　清潔《クリーン》な生活というと——。

アリ　つまり、女の人とは何の間違いもおきなかったということです。

五木　女の人は良いボクサーにとっては、そんなに害のあるものかしら。

アリ　良いボクサーとなるのに何が大切かといいますと、それは自分のやろうとする事に精神と生活のすべてを集中する集中力だと思う。ほら、恋をしてると集中力が失われてしまうじゃないですか。女の人と間違いをおかすと、うばわれる部分が相当に多いことは、あなたも作家だからわかるでしょう。単なる友達でいる分にはいいけれども、それ以上すすむとマイナスの方が多いんです。

五木　なるほど、そういうもんかなあ。ぼくも大学に入ったころ、何となくボクシングをやってみようかと思いかけたことがあったんだけれども……。

アリ　あなたがボクシングを？　いったい相手はなんです。まさかオレンジか砂糖菓子を殴る気なんじゃないでしょうね（笑）。

五木　それはどういう意味ですか。ボクシングにはヘビー級だけでなく、フライ級というのもあるんですよ。
アリ　失礼。もちろん今のはジョークです。
五木　それならいいんです（笑）。ぼくはそのころ金に困っていて、運動部にはいるとスカラシップ（奨学金）を受けられるときいていたもんですから。
アリ　いや、誤解しないでください。私が言いたかったのはですね、あなたの印象が非常にデリケートで、これまでに会ったジャーナリストと全くちがうから、作家という職業を選ばれたのはボクサーになるよりはるかに賢明であったと思うということなんです。というのも、ぶん殴られて顔のかたちがみにくく変わったりすることなしに稼げるし、それで生活を立てていけるということはとてもいいことだから。
五木　でも、あなただって顔に傷なんか全くないじゃありませんか。あなたは顔にダメージを受けてないボクサーとして有名だということをぼくは聞いたことがありますよ。
アリ　私はラッキーだったんです。それは神のお恵みにおう所が多いと思う。神様は私にスピードをあたえてくださった。それで私は相手に打たれることなく相手を打ち倒すことができるんです。これまで傷をつけられずにきたということについては、とても有難いと思っていますよ。

五木　ボクシング以外のスポーツをやろうと思ったことはなかったんですか。

アリ　ないですね。

五木　どうしてです？

アリ　二つの理由があります。第一は独りで相手と闘うスポーツだからです。自分一人でやる以上、チームメイトに助けられることもないし、また、足を引っぱられることもない。自分だけが頼りです。それに観客から見ても、目立ちますからね。バスケットやフットボールなどの場合は、たくさんのメンバーが試合に出るので、なかなか個人は目立たないでしょう。一人として認識されない。ボクシングだとリングの上に二人きりです。

第二は報酬が高いこと。本当に良いボクサーなら、一試合二〇万ドルだって稼げる。これにくらべて野球やフットボールなど優秀なプレイヤーでも年間に一〇万ドルぐらいの収入しかない。その意味でボクシングほど素敵な商売はないし、ほかのスポーツをやろうとは考えてもみませんでした。

五木　ちょっと話が違うかもしれませんが、例えばあなたは戦争に反対したり、人種差別と闘ったり、新しい黒人の社会を作る運動に積極的に参加したりなさっているわけですね。そういう運動というやつは、個人じゃなれない。いやでも沢山の人間と組織の一員としてチームを組んでやらなきゃならないわけです。他人に足を引っぱられることもあろうし、

写真は浅井愼平撮影、1972年

常に他との協調も考えなきゃならない。そういった社会的な運動の場合は、スポーツの時のように独りのほうがいいとは思わないですみますか。つまり、率直に言って、大勢の人間と組織的な行動を行う中での苦痛や悩みというものが出てくると思うけど、それにはどう対してやってられるんだろう。

アリ　それはとても重要な問題ですね。しかし、スポーツと社会的運動は違う。それは目的がことなるからです。それに辛かろうと悩みがあろうと、こういった闘いには連帯が不可欠なのです。例えば私が徴兵に反対したり、人種間の平等をもたらす運動をやっていたとき、決して私は一人ではなかった。

私が参加している運動のリーダーは、イライジャ・モハマッドというアメリカの黒人回教徒です。この運動に参加している人達は現在二百万人にのぼります。全米の黒人人口が三千万で、私たちは三千万人の連帯をかちとろうと努力しています。全米の各州にモスクという会合場所があり、私たちのためのラジオ放送もあり、一週間に百万部の出版部数を発行する新聞もあり、ある州では独自のテレビ放送もしています。こういう形で黒人の連帯を固めており、我々自身もっと清潔《クリーン》になり、女性を尊敬し、お互いに闘い合うのをやめて、それを白人に我々と同じようになれと強制するのではなくて、我々自身の場所をかちとるという運動として繰り広げているわけですね。自分達の住んでいる地域をもっと清潔《クリーン》にして、我々自身をもっと教育しようという活動をしているわけですが、この運動には多くの人たちの助けを受けています。だからある国を自由にするには連帯することが必要だと思うのです。

清潔《クリーン》な生活

五木　あなたは再三、〈清潔《クリーン》な〉という言葉を使われるけど、具体的には清潔《クリーン》な生活というのはどういうものなんだろう。少し説明してください。

アリ　まず第一にアメリカの黒人たちは過去四百年の間の西欧化の下で、白人のやり方に慣れすぎてしまった。不幸なことに中でも悪いことばかり身につけてきた。ウイスキーやビールやワインを飲んだり、もっと悪いことに麻薬やマリファナとか健康に悪いことまで覚えてしまったわけですね。

それに白人を愛して黒人を嫌悪するように教えこまれてしまった。例えばアフリカの王者ターザンは白人だし、キリストも白人で金髪、青い目ということになっていますね。映画に登場する偉い役は白人で、最後の晩餐に列席した人の中にも日本人や中国人、アフリカ人はいない。天国の天使たちも白人、毎年選ばれるミス・アメリカも白人です。例えばエンゼル・ケーキというと真っ白いケーキで、デビル・ケーキというのはチョコレートで作った黒いケーキのことです。黒い帽子というと不吉の星を意味するし、強迫しようとするとブラックメールを出す。とにかく白は常によくて、黒は常に悪いという印象を植えつけられている。こういうふうに黒人でさえも白人を愛して同胞である黒人を嫌悪するという教育を受けてしまっているんです。情ないことですが、黒人が週末に給料をもらい、酒などを飲むと、黒人同士で殴り合いを始める。場合によっては射殺したりすることもあるんです。だから酒を飲むことをやめ、麻薬もやめ、悪い事をやめて、自分達自身を尊敬するようにみずからを教育していきたい。

黒人の売春婦も問題です。白人が主ですけど、ニューヨークやシカゴに大勢いるようなよくない事例もある。だから女の人たちを尊敬するように人々を教育しようと私は思っています。最初に私たちが学ぶのは女の人からだし、私たちの最初の先生は女の人でしょう？　母親は最初に接する看護婦です。もし姉妹、母親、娘たちを尊敬できないならば、その人たちが作った国を尊敬できる筈《はず》がないじゃありませんか。

女の人に対しては、短いスカートをやめて長いスカートで体の部分をもっと隠すようにし、西欧化した醜い洋服ではなく、自分たちの服を着るように教えています。こういうことで生活をクリーン・アップしようと説いているわけです。

五木　あなたのいう清潔《クリーン》な生活という理想主義はとってもよくわかるんだけども、ぼく個人としては、いくつかひっかかる点があるんです。例えばミニスカートはどうしていけないんだろう。ぼくは大好きなんだけど。

アリ　私たちの宗教的な教えによると短いスカートは信仰の篤い人にとって悪いという事が言えます。例えば日本の長く美しい和服を着ている女の人を見ても、短いスカートをはいた裸のような女の人を見て起こすような気を起こさない。確かに女の人を好きになるのは男の本性で、この本性が生命を維持させることが出来るし、反対に破壊させることが出来ると思う。この部屋には屋根があって雨が入らないようになっていますね。雨は自然でいいものですが、部屋の中には入って欲しくない。またヒーターがつけてあって外の寒い空気が入らないようになっている。寒い空気も自然の一部でそれ自身はいいものですが、部屋の中には入って欲しくない。セックスというのも自然だと思いますよ。だから正しい時に適切に行われるものであればいいと思うんです。神は本来人間が他人に見せてはならない部分をみせびらかしながら歩けとは考えておられなかったと思います。犬や猫のような野獣のような形で、プライベートな部分を見せるのは適切ではない。というのは全《あら》ゆる事は考えることからスタートすると思うからです。神が世界を創る前にもお考えになっただろうし、ミスター・イツキもここに私を呼んで話をしようとする前にもその事を考えられただろうと思います。もし男が半分裸で歩いている女の人を見れば、変な考えを頭に浮かべて、その考えから行動が引き出されてしまう。教養のある男の人であれば、妻とか娘がプライベートな部分を出して外を歩くことを好まないでしょう。

五木　そのところはどうも……。

アリ　だからアメリカの文化的影響が入る以前の日本の方が文化的であったと言えると思います。それにそういう考えから行動が引き出されて、その行動の帰結を男の人が引き受けない場合があります。そうなると父のない子がたくさん生まれたり、堕胎が必要になったりする。堕胎はよくないことだ。ミニスカートとかビキニの水着が流行してこういう問題はより大きくなってきたと思う。日本へも外人、例えばアメリカ人などがやってきて、モラルの低い人が女性を追いかけ、その時日本の女性がアメリカの女性と同じような洋服を着ていて、外人と寝てしまうような場合に、日本人全体に対する尊厳がなくなってしまうと思うんです。一国は女性の偉大さによって示されると思うので、もし女性が尊敬されないで、プライベートな部分を見せびらかしながら歩いたり、また女性であることを利用されてしまうような状態になってしまうと、その国は崩壊すると思います。

五木　その宗教上の意見については、あなたの信念に感心するんだけれども、やはりぼくの考えとは少し食い違う点もある。それはいいとして、例えばあなた自身ボクシングをやる時にはトランクス一枚の半分裸でやりますね。その場合にはどうなんですか。

アリ　いや、それはちがう。もし男の人がそういう恰好《かっこう》で道を歩いていても女の人とは違うでしょう。女の人よりは見やすいし、それほど悪く思われないと思います。

五木　そうかしら。裸の男より裸の女のほうがみやすいと思うけど（笑）。

アリ　例えば独身の男性が毎晩違った女性と寝たとしても次の日にはやはり堂々とした紳士として通用し、変化もしないけれども、もし女性がいつも違った男性と歩いていたら売春婦という汚名を着せられてしまうじゃありませんか。私がボクシングをやっている事に関しても、その活動自身が何をやっているかで善悪が決まるのではなく、活動の背後の目的が何であるかで善悪が決まると思う。私がボクシングをやっている目的は、これによって世の中の耳、特に我々同胞の耳をそばだてる力をかちえたい、彼らが私に耳を傾けるようにしたいというその事なんです。もし私が普通の人間で、例えばアメリカの大学で講義をしていて、女の子にミニスカートをはくのは止めろと言ったらきっと追っぱらわれてしまう。けれども私がフォスターをノックアウトしてアメリカに帰り、日本がいかに素敵で素晴らしいところであったか、そして人々がいかに清潔《クリーン》であったか、また日本に関して読んでいたことが間違っていたかという事を話せば、それは私ゆえに人々は耳を傾けてくれると思う。リング上で半分裸でボクシングをしているのも、背後にいる数多くの人々を助けたい一心からなのです。例えば二人の人間を同じように殺しても、一つは有罪、もう一つは無罪になる場合があります。

五木　ええ。それはとてもよく解りますよ。

アリ　ある人が私の家の中で妻と同じベッドにいて、その男を殺したら無罪でしょう。ところが口論の末に殺した時などは刑務所行きになってしまう。女の人がミニとか水着を着る目的は、人の賞讃をかちえたいとか、人の注目をかちえたいところにあると思う。この種の賞讃や注目は間違っていると思う。私の目的は、私がやっている活動を通じて、数百万人の注目をかちえようという事で、その目的は巧《うま》く果たされていると思いますね。しかし、今のところイライジャ・モハマッドから止められているので宗教的な宣教活動はできないことになっているんです。ボクシングをやめて、その宗教団に入り、はじめて活動が出来るんですが、今の時点では私が世界一強いボクサーとして活動することで宗教の助けになると確信しているし、人々をクリーン・アップする事の助けになっていると思います。というのも今存在している文化が力を尊敬し、名声とか富、また世界チャンピオンである事に重きを置いている時代だから。ボクシングはこれから私のやらんとすることの足場であるとも言えます。そしてジョー・フレーザーを倒すことが出来れば、私はボクシングをやめて宗教活動に戻りたいと思う。神様は私がなぜこのような活動をやっているかを必ず知って下さっていると思います。必ずね。

五木　有名な人とか、人たちによく知られた人の発言が実際に今の社会に大きな影響力を持つことはぼくにもわかりますよ。あなたの発言もこれからの新聞や雑誌を通じて日本中に伝えられるでしょうし、とても大事なことだと思うんです。しかしです、しかし……。

アリ　しかし、なんですか。

五木　時間がないのが残念ですね。しかし、時間があっても役に立たないかも知れない。ぼくももう少し考えてみます。そこで最後にひとつ、あなたは夜、眠れないで苦しんだことがありますか？

アリ　今までに一度もありませんね。日中ずっと起きて忙しく活動しているから、夜になれば疲れてすぐに寝てしまう。

五木　もう一つおうかがいしたい。あなたは今までに、もうこれ以上自分は立ち上がれないのではないか、というような壁にぶつかった事がありましたか。

アリ　私が直面した一番大きな障害は、かつて私がアジアに行かない、そしてアジア人、北ベトナム人とかベトコンを殺さないという事を決意したために、政府が私のチャンピオンシップを取り上げたときでした。そして四年間もの間生活の手段を奪われてしまったわけですが、それ自身はそれ程大きな問題だとは思いませんでした。というのは人間が自由のため、国のために闘っている時には、死さえも恐れてはいけないからです。そうでしょう？
　それ以外私には、私が非常に愛していた妻と別れなければならなかったのは非常に苦しかった経験ですね。
五木　それはどうして？
アリ　妻は最初に約束してくれたような形で、宗教に参加してくれなかったんですよ。彼女を忘れる事は非常にむつかしくて、どうしようかとも思いましたけれども、もう立ち上がれないのだとは思いませんでした。疲れたり、非常な圧迫を感じたような事はありました。妻と別れられないと思いながらも、別れて、彼女に近付かないようにして、やっとこの問題を克服してきました。というのは我々の同胞の自由の方が個人的な問題よりも重要だと思ったからです。そして同胞の私に対する信頼を失《な》くしてしまったら、私が最も必要とされるところで自分の力を発揮することができないですから、結局は信頼を失いたくなかったんです。ミスター・イツキもそれは大事なことだと思われるでしょう？　ちがいますか？
五木　ぼくはあなたの信念に忠実であろうとする真剣さに、うまく言えませんけど、或る種の感動をおぼえているところです。今度の試合のことも勿論ですけど、これからの人生をあなたが立派にやって行かれることを祈りますよ。本当はセックスや音楽のことなんかも、もっと喋りたかったんだけど、いつかまたお会いする機会もあるでしょう。その時は、女性がプライベートな部分を露出することに関しては、ぼくも少し意見を言わせてもらいますよ。

アリ　きょうここで受けたような質問は、今度日本へやってきてから、これまで一度もきかれたことのないような種類の質問でした。私は私なりにあなたが一人の作家である事を少し理解したような気がします。サンキュー。

五木　どうもありがとう。

五木寛之×

村上春樹

（作家）

五木寛之傑作対談集　1983年

言の世界と
葉の世界

村上春樹（むらかみ はるき）

1949年1月12日、京都府京都市生まれ。兵庫県西宮市・芦屋市育ち。小説家。早稲田大学第一文学部卒業。在学中にジャズ喫茶を開く。1979年、『風の歌を聴け』で群像新人文学賞を受賞しデビュー。1985年、『世界の終りとハードボイルド・ワンダーランド』で谷崎潤一郎賞受賞。1987年発表の『ノルウェイの森』はベストセラーとなった。1994～95年に発表した『ねじまき鳥クロニクル』にて読売文学賞受賞。その他の主な作品に『羊をめぐる冒険』『海辺のカフカ』『騎士団長殺し』などがある。翻訳書も多数手がけるが、自身の作品も世界50言語以上で翻訳されており、2006年にフランツ・カフカ賞をアジア圏で初めて受賞。2009年、『1Q84』で毎日出版文化賞受賞。同年、スペイン政府からスペイン芸術文学勲章が授与され、2023年には、アストゥリアス王女賞文学部門を日本人作家として初めて授与された。

写真（前頁）は『小説現代』編集部撮影、1983年

ジャズと映画の日々

五木　村上さんは、関西でしたね。

村上　親父が京都のお寺の息子で、おふくろが船場《せんば》の商家の娘でして、それが一緒になったんですね。生まれたのは、たぶん京都の伏見あたりじゃないかと思うんですけど、すぐに阪神間のほうに移ってきまして、あとはずっとそのあたりで育っていますね。

五木　京都の男と大阪の女が一緒になって、しかも神戸に住んだりっていうのは、なんとなく面白いね。ちょっとずつ離れているけれども、まるで違った文化圏だし、それに歴史が違うでしょう。

京都あたりは感覚が成熟しているから、相手が三か四言ったところで、九か一〇ぐらい、さっとわかるくらいでなければ、コミュニケーションが成立しないようなところがあるわけです。

村上　そうですね。

五木　ところが、九州あたりじゃ、一〇のことを二〇言わないと話が通じないようなね（笑）。ずっと前に京都新聞が、京都で一番嫌われるタイプの人間というアンケートをやったんだ。そうしたら、竹を割ったような気性の人、それから、初対面ですぐにうちとけて、相手に腹の中まで見せる人、ずかずかと遠慮なく相手の中に踏み込んでくる人とか、あげてみると、みな九州のタイプなんだね、これが（笑）。最初は、これは住みにくいところに来たな、と思った。でも、距離をおいて、私、地方から来たお客さんですっていう顔で、分をわきまえて振舞っていると、非常によくあしらってくれるわけですよ、京都の人たちは。単に京都に住んでいるからというだけで、中へ踏み込んで、京都の人間と接触しようとか、京都の心に分け入っていこうなんていう野暮な気を起こすと、たいへんきついところのようです。

村上　ぼくも、ずっと向こうで暮らしてまして、早稲田に入るんで上京して……。

五木　あ、あなた、早稲田なの？　昔は、早稲田の人、初対面でもすぐわかったもんだけれどもね（笑）。

村上　それでやっぱり、カルチャー・ショックみたいなのがすごくありましたね。

五木　早稲田のどこの学部へ入ったんですか。

村上　ぼくは文学部の演劇科っていうとこなんですけど。

五木　ふーん。じゃ、まかり間違ったら、赤テントなんかやってたのか。

村上　いや、そういうわけでもないんです。映画が好きだったんで、シナリオのほうをやりたくて、演劇科に入ったんです。映画とか演劇とかいうのは、結局のところ共同作業で、なんのかのとやっているうちに、どうもこれは自分に向いてないんじゃないかって気がして、やめちゃいましたね。

五木　早稲田の演劇っていうのは、面白い人、いっぱいいてね。でも、入学が昭和……。

村上　六八年ですから、昭和四三年ですか。

五木　ぼくが二七年。そのくらい離れてしまうと、共通のものって、まるでないんだよね。早稲田といっても。

村上　あんまり行かなかったんですよね（笑）。朝から晩まで、映画見て暮らしてました。

五木　いや、それはぼくらも行かなかったけれども（笑）。

ところで、ぼくは、以前に読者からハガキをもらったことがあってね。中央線沿線の何とかっていう喫茶店が好きで、そこに通っていたら、それがなくなっちゃって、自分の居所がなくなったような淋《さび》しい思いをしていた、と。あるときたまたま千駄ヶ谷で喫茶店に入ったら、その店は、絶対あの店の人がやっているというふうに思えた。それでいろいろ調べたら、村上さんがやっていた店だったということがわかって、とってもうれしかった、という。その読者の人の勘もいいけれども、そういうことがあるんだね。昔の、途中で消えちまった女に、偶然にほかで会ったようなもんだったんでしょう。

村上　店というのはね、閉店しちゃうのが楽しみなんですよね。

五木　ほう。

村上　はじめから、何年か経《た》ったらもうやめちゃおうと思ってるわけです。ふた月くらい前に、二カ月後にやめますって言うわけですよね。それがね、わりに楽しみなんですよね（笑）。

五木　残酷な楽しみだな（笑）。

村上　というか、お客のほうもね、それを望んでるんじゃないかっていう気がするんですよね。結局、音楽にしても、その周辺のものにしても、どんどん変わっていきますし、変わるのが本当だと思うし、変わったものを見せられるよりは、なくしちゃったほうが本当の親切というもんじゃないか、という気がするんです。まあ、ぼくはわりに極端な考え方するほうかもしれないですけど。

五木　それはあるだろうな。ぼくらの学生時代のころにあって、いまなくなっちまった店を語るときのほうが、いまも残っている店のことを語るよりは熱があるものね。

村上　ぼくが始めたころは、ちょうどジャズ喫茶の大転換期だったんですよね。

五木　転換期っていうのは、どのあたりですか。

村上　いわゆる鑑賞音楽としてジャズを聴く時代が、ちょうど終わったときだったんです。

ぼくが始めたのは四七年ぐらいで、あとはもう、酒飲みながら聴くという感じの店に主流が移っちゃった時代だったんですよね。

五木 「キーヨ」なんかはどのへんに入るわけ？

村上 「キーヨ」は、本格的なジャズじゃないですか。ぼくは話で聞いたことしかないですけど。

五木 でも、結構、店の通路で踊ってたりしてたけれども。

村上 あ、そうですか（笑）。

五木 なんか黒人たちが酔っぱらったりしてね。ぼくらは、「キーヨ」なんかは、こんな新しいタイプのジャズ喫茶ができてきたんじゃ、もうわれわれの来るとこないな、という感じだった。

村上 ずいぶん違いますね。

「ハッピー」と「幸福」の違い

五木 今度の『羊をめぐる冒険』は、あなたにとっての第三作になるわけだけど、いかがですか、ご自分では。

村上　あれを書いちゃって、かなり楽になりました。最初の二作を書いたあとで、実は結構落ち込んじゃったんです。なんだか二、三カ月、本当に暗かったです。というのは、ぼくの最初の二作は、「他人に何かを語りたい」、「でも語れない」というギャップで成立していたようなところがあるんですけど、ふたつ書き終えたあとで、実はそうじゃないんじゃないか、という気がふとしたんですね。つまり、本当はもっと語れたんじゃないか、ということですね。で、三作目では、徹底してストーリー・テリングをやりたいと思ったわけなんです。それやって、本当にホッとしました。

五木　ストーリー・テリングっていう、そのへんを少し聞かせてほしいですね。ストーリー・テリングと物語とは違うっていうふうに、ぼくは思うんだけれども。

村上　最初の小説の場合、小説家になるつもりはまずなかったもので、ある面、非常に楽しみながら書いたんです。別に特にストーリーがなくても、その場その場でひとつの状況を選んで書いていって、それが集まって何枚かになって、小説らしきものになった。で、出してみようかということで、応募して、賞をとっちゃったわけなんです。

　はじめ、都市小説と言われたわけなんですよね。でも、都市小説というのは何かということ自体がね、わからなかったし、そんなものがあるのかどうかということもわからなかった。まあ、そのあと、自分なりに、こういうのが都市小説じゃないかというのは整理しましたけれど。

五木　いわゆるシティ・ミュージックに対するシティ・ロマンとか、そういう意味なのかな、当節流行の……。マスコミのレッテルのつけ方っていうのは、要領がいいところもあり、ピントが狂っているところもあるから。

ただ、こういうことは言えるね。山川健一さんがこのあいだ、文学賞の候補になったときに、ある選考委員の方が、この作家はカタカナをたくさん使いすぎる、と。幸福とか幸せとかって言えばいいのに、なぜハッピーなどと言うのか、と語気鋭く追及されたんだよね（笑）。で、ぼくは、いや、ハッピーと幸福っていうのは違うんじゃないかって言ったんだけれども。ぼくは、物語とストーリー・テリングっていうのは違うんじゃないか、と。ハッピーと幸福も違うんだよね、やっぱり。

村上　違いますね（笑）。

五木　ハッピーとか、そういう言葉の背後には、六〇年代的ないろんなものをしょいこんでいる部分もあるし、ドラッグなんかとの関わりもあるかもしれないしね。昂揚《こうよう》する、という言葉と、ハイになる、という言葉は違うでしょう、全然。都市小説というのは、どちらかというと翻訳不可能な言葉が、中にたくさん入ってくる小説なんだと思う。あまり日本文学の伝統や技法なんてものを、意識しないところが本質なんで……。

村上　日常生活そのまま、意識を映していけば、なんか小説になっちゃったという感じはありますね。だから、一作目、二作目を書いても、自分が小説家という感じはなかったですね。ただ、それだけでいいのか、よくないんじゃないか、という気持ちはすごくあったんですよね。小説というのは、世界に対してもう少し親切であるべきじゃないかってことですね。ちょうど村上龍氏が『コインロッカー・ベイビーズ』を書いて、やはり同じようなことを考えていたんじゃないかと思いました。

五木　それはすごくラッキーですね、意識する作家が同世代にいるというのは。人間、ひとりじゃ何もできないような気がする。ぼくは、村上さんの小説を読んでいるうちに、この人はわりと東洋っぽいところがあるな、とふっと感じたんです。いくら横文字が出てきても、国籍不明みたいな街が出てきても——他力《たりき》、という言葉があるんだけれども、大きな流れというか、動きというか、そういうものの中でね、書く、という言葉と、書かせられる、という言葉の狭間で仕事をしている意識がどこかにあるんだな、という気がしましたけれども。

言の世界と葉の世界

村上　物語ということなんですけど、結局、ぼくらの世代は物語れない、というコンプレックスがあったんですよね。というのは、ぼくらが高校時代、つまり五木さんと野坂さんが出てこられた時代……。

五木　高校時代か。情けないね、ほんとに（笑）。大学時代ってなら、まだしも。

村上　高校時代です（笑）。そういう世代の方の経験に対して、われわれの経験があまりにも貧弱である、という思いはあったんです。そのぶんだけ、物語のインパクトというか、そういうものがないであろうという気がしましてね。

五木　それはちょっとわかるような気がするね。自分の体験を書いちゃえば、それがおのずから物語になっちゃう、という世代があった。

村上　ええ。ぼくらの世代にはそれがないんですね。ところが、六九年、七〇年を過ぎて、いまの世代がわれわれの世代をそういうふうに見ちゃうわけですよね。

五木　『全学連』という本が売れたり、思い出の激動期六〇年、なんていう懐古的な本が出てきたりするのを読むとね、なにか、血沸き肉躍る六〇年代っていう感じがするでしょう（笑）。

村上　でもね、自分の立場になってみると、そんなことはないんですよね。

五木　新宿にフーテンっていうのがいましたね。あのころのことを懐古している話を読んだ学生が、おれたちは一〇年遅く生まれてきた、新宿がそんなに活気のあったころ、そんな時代に生まれたかったって、しみじみ言っていたのを聞いて、なるほどな、と思ったことあったけれども。

村上 意外にそんなことはないんじゃないか、われわれ実際にやってみると、そんなたいしたことはなかったんじゃないか、という気はするんですよ。

五木 それは、ぼくたちだっておんなじですよ。兵隊に行った人がみんな何か書きゃ、小説や物語になるんじゃ、日本はもう五百万人ぐらいの作家がいることになるからね。物語というものと、その人間の体験とは、一応きちんと切り離して考えなきゃいけない。

村上 ぼくがはじめのふたつの小説を書いて思ったことは、そういうことなんですよね。物語というのは、内在的なものであって、外的なダイナミズムに、どれだけ幅があるかというのは関係ないんじゃないか、という気がしたんです。われわれには書くことがないというんなら、その狭いレンジの中から、自分で物語をつくっていけばいいわけですよね。大きいレンジだから、いい物語が書けるとか、そういうことはないと思うわけです。それを、ふたつ目書いたあとで、なんとなく自分なりにわかったような気がしたんです。で、非常に気持ちよく話を書いてみよう、という気持ちになれた。そのとき、やっぱり小説書いてよかったなという気が、はじめてしたんですよ。

五木　私小説、あるいはそういう作品を書くことによって、自己救済されるタイプの作家というのがありましたね。それから、たとえば自己を解放するんだっていう説もあるよね。それに対して、あなたはちょっと違う意見を言っていたような気がするけれども。

村上　自己解放できるほどの言葉はないんじゃないか、という気がするんですよね。というのは、極端に言えば、六〇年代後期のアジ演説みたいなもの、あれが言葉としては正しくても、何も解放しなかった、ということはあるわけですよね。そういうものを見てきているから、言葉というのは、解放するよりは、かえって閉塞させるんじゃないか、という気がするんです。ただ、それを積み重ねることによって、その魔術というのは破れていくんじゃないか、積み重ねていけば、究極的には物語を語る、ということになるんじゃないかな、という気がしたんです。どうも、うまく言えなくて、申しわけないですけど。

五木　言葉というものに対する考え方が、日本の場合には、言の葉《ことのは》でしょう。コト、というのは誰かが書いていたけれども、事実とか行為ということになる。事を起こす、というコトですから。それの葉っぱだからね。葉っぱっていうのは、森があって、木があって、枝があって、その先の葉っぱであるわけだ。しょせん、日本の「言葉」という語に対する心の奥底にある無意識のものは、言葉は言葉にすぎない、という感じなんだ。本当の事をあらわしているのではなくて、事の影だという感じしかないわけですよ。

たとえば、中世の阿弥《あみ》や歌人たちみたいに、片方で政治的なものすごく激烈な動きがあっても、自分はひとつの美の世界へ、現実と切り離されていられるという、言葉と行為が分けられる世界を信じられるわけで、物語ることは、行為するということと別の次元にあるという考えです。言葉の世界にいる限りは、片方の王国に生きられる。事の世界と葉の世界があり、事の世界の王者に対して葉の世界があり、事の世界の王者に対して葉の世界で自分が王者になれれば、事の世界の王者の下に屈伏することはないんだ、と思えるわけです。

千利休は、茶という葉の王国をつくって、そこのゴッド・ファーザーになった。そうすれば豊臣秀吉に対して、事の世界では茶坊主として屈伏するけれども、いったん葉の世界に関しては、秀吉は彼の臣下なわけだ。でも、秀吉もばかじゃないから、こやつ、もうひとつの共和国をつくって、おれをないがしろにしおる、それなら葉の王国なんてものが、事の世界の影に過ぎないことを見せてやろう、というところで切腹を命じた。そこで利休が謝っていけば、彼は許しただろう。彼が自分の共和国を放棄して、事の世界に頭から全部入ってくれれば。だけれども、利休はそれを拒否して、葉の世界を腹を切ることで貫いたわけだから、そこでは五分と五分になっちゃったわけですけれどもね。

そういうふうに事の世界と、つまり行為の世界と葉の世界が分かれている社会で、物語を書くということは……たとえば一九世紀のロシア小説の場合、物語を書くっていうことは行為することなんで、シベリアへ流されたりする。いつかイギリスの評論家が日本へ来て、物語の復権ということが最近言われている、一八世紀的な小説、あるいはピカレスク・ロマン、そういったものの要素をわれわれはとり入れるべきだ、とか講演して、一瞬なるほどと思ったって、実は違うんだよね。それは違う。

村上さんの小説を読んでいて、どんなにそれがコスモポリタンの雰囲気があったとしても、やっぱり葉の世界の仕事をしている人なんだな、と。その意味では、ものすごく日本的な作家だ、という感じがしたのです。で、ぼくらはやっぱり、そういう日本的な中で、その日本的ということさえも意識せずに仕事をしていけば、おのずから事の世界に拮抗《きっこう》できる小説の世界っていうのができるんじゃないかな、という夢を持っているわけなんですが。

言と葉が分離しはじめたとき

村上 ぼくの場合、一番原体験の文章っていうのは、戦後憲法なんですよね。ぼく、昭和二四年生まれなんですけど、小学校入ったときに、先生が憲法を説明してくれるわけなんです。日本は非常に貧しい国である、国際的な地位も低いし、原料も産出しないし、工業もまだ低いし、平均収入もアメリカの何十分の一である、ただ、戦争放棄している、そういう国は日本しかない、というふうに説明してくれる。非常に感動するわけなんですね。それが言葉の最初なんです。それが言葉であって、それが社会だと思ったわけです。

五木 それはもう、基本的なヨーロッパの考え方ですよね、言葉は行為であるという。

村上 ええ。それ以外にありえない、分離はありえない、と思ったわけです。それが、齢《とし》とっていくにしたがって分離しはじめるわけです。

最初に気づく大きいきっかけというのは、六〇年の安保ですよね。そのときはテレビがあったんです。で、樺《かんば》美智子さんの死んだとこが全部映って、それを見てるわけです。ぼくが小学校六年生ぐらいですね。そのときに、言葉と現実の分離というのをね、テレビの画面ではっきり感じたわけですよね。

五木 それはどういうふうにですか。

村上 戦争を放棄した、ということはない、基本的人権、そういうのも習ったけれども、違うんじゃないか、と思ったんですよね。事と葉の分離といういまのお話と少し違うかもしれないけど、分離の感覚というのは、そこからですよね。

五木　なるほど。それは、テレビが出てきた世代の、独自の感覚かもしれないね。六〇年安保のとき、ラジオ関東の報道マンが、「いま、私は殴られています！　警官が警棒をふりあげました！　私はその警棒で殴られています！」って、すごい中継して、一面おかしかったけど、また別な迫力あったんだね（笑）。目で見えないから。テレビが出てきたことは、とても大きかったような気がするね。テレビには事と人の分離がないみたいな錯覚をあたえるマジックがあるから。

村上　お伺いしたいんですけど、五木さんの世代は、戦後憲法が後天的に入っていってるわけですよね。

五木　そうです。

村上　あの文章に対しては、どういうふうな感じをお持ちになってましたか。

五木　言の葉だと思っていましたね。なぜかっていうと、その前に、軍人勅諭っていうのがあったり、教育勅語っていうのがあったりして、それはぼくらにとって、あなたのおっしゃったように、事であり、行為であったわけです。神州不滅であり、天皇は神であり、そしてわれわれはそのために死ぬ者であり……。ぼくらが、少国民のころ、一二、三歳くらいで憶えた軍人勅諭っていうのは、魂の記憶として刻まれて、もう絶対に抜けないんです。

いまでも、ぼくは、宴席で何かやれと言われると、手旗信号をやるんだけれども（笑）。（両腕をあげて、かたちを変化させながら）これがイです。これがロです。これがハです。これがニです。これがホですね。こうやればトです。これがヘ。海洋少年団で憶えさせられたんだ。

こういうふうに、体で結局、事を覚え込まされてしまったわけ。朝鮮銀行券っていうのを、ぼくら使っていた。紙幣というのは価値の実体だったんです。つまり、お金と価値は一体だったわけね。それがあるとき、これは全部ただの紙だよって言われて、それでソ連軍の軍票というのを使わせられたわけですね、赤票、青票って言ったんだけれども。

そうなると、そういう憲法に対する観念よりも、もっと端的に、お金というものさえも、要するに影であるという発想になってしまったら、そういう世代の人間が、大藪春彦、生島治郎だとかって、みんなエンターテインメントのほうに行っちゃったというのは、ぼくはとてもわかるような気がするんですが。そのあとで新憲法を見せられても、これはもうね、嘘《うそ》も方便という言葉があるけれども、如才なく、それと折りあってやっていくしかないという、そういう感じがありました。

村上　ああ、そうですか。

五木　頭から信用していないし、信用していないというのは、絶望して、がっかりしたとか、六全協で挫折して涙をのんだとかっていうんじゃなくて、ぼくらにとっては、六全協すらも、わりと、そんな驚くべきことではなかったし……。

エンターテインメントは垂手《すいしゅ》の文学

村上　結局、さっきの続きなんですけど、六〇年から七〇年のあいだの一〇年というのは、それをもう一度くっつけるという可能性を信じていたわけですよね。

だからこそ、六九年に向けていくわけですよね。テレビで樺美智子さんが死ぬのを見て、もう一度、必ずくっつけられるはずだ、という気はあったわけです。そのあいだに高度成長があるわけなんですけど、そこでもね、ひとつ裏切られたんです。というのは、日本は貧乏な国だけれども、という前提がひっくりかえっちゃうわけですよね。貧乏でなくなっちゃうわけです。そのへんで、もう何がなんだかわかんなくなって、七〇年はどたばたという感じですね。

五木　高度成長っていうのは恐ろしい時代だったと思う。それはどんなことかって言うと、たとえばぼくらにとって、小説家は食えない商売だと思っていたから、ぼくはかみさんに、仕事を持てと言って、むりやりに職業を持たせたし、それから子供をつくりたがっていたのに、無理言ってつくらせなかったわけだし。そういう同世代の友だち、たくさんいます。ところが、考えてみたら、子供三人くらい養えたんだよね（笑）、そのあとの一〇年間の成長ぶりを見ると。

ぼくらにはやっぱり、これは仮の夢で、最初のころに思ったように、まわりは荒地で、女はガード下で客をひき、小説を書いている人間は食えなくて、梅割りとかメチル・アルコールなんか飲んでいて、というそこへ、ふっと、いつか戻るんじゃないか。いや、戻ってほしいって願望も、ちらっとあるんだよね（笑）。

村上　ぼくも、どちらかというと、日本は貧しい国だけれどという前提に、もう一度、戻ってくれれば楽なんだろうな、という気はありましたね。結局、高度成長のパイの分け前をほしくないというね、つっぱりがあったんですよね。六九年頃には。

五木　そうかもしれない。

村上　ぼくは、『羊をめぐる冒険』の中で、右翼的なものを出したんですけど、これもよくわからないですよね。いわゆる右翼農本主義に結びついちゃった新左翼崩れがいますよね。でも、それもぼくはわからないんです。『戒厳令の夜』を拝見していましたら、五木さんの場合は、万世一系の天皇以前の日本という中にいかれていますね。

五木　そうです。

村上　あれは、ぼくとしては素直に受け入れられるんですよね。

五木　もうひとつは、定住民ではない人間、一カ所にじっとしていない人間。木食上人《もくじき》なんて、俗に言われる人がいるでしょう。木食の徒というのもいるんだね。その木食の中には、まず百姓がつくる五穀を食べないということがひとつある。そのほかに、一カ所に永く住まないという、要するに、一生、遊行《ゆぎょう》して歩かなきゃいけない、というのがありますね。これは非常に面白いと思うんだ。日本という国はなんとか定住させよう、させようとしていく国で、非定住の民というのは、要するに、もうアウトサイダーだけれども、その民と定住の民とが、うまく折りあって生きてきたのが日本の歴史なんで、御料林とか、あるいは演習地とか、要塞とか、あるいは昭和二七年に住民登録っていうのがあって、戸籍を持たない人がなくなっちゃったわけだ。何十万といた、戸籍を持たない遊行の徒というのが。ヨーロッパでも、ジプシーは駄目になるし。

それから、さっきあなたのおっしゃった憲法に関して言えばね、このあいだ、NHK教育テレビでやってて面白かったんだけど、「不許葷酒《くんしゅ》入山門」というのがあるんだ。酒を飲んだ人は、お寺の門をくぐっちゃいけない、というやつ。木食上人といわれる人は、お酒を好きだったんだね。それで、あれを、許さずといえども葷酒山門に入るって読んで、入っちゃったらしい（笑）。絶対、ということのあるのがヨーロッパで、絶対ということがなくて、できるだけ、という言葉のあるのが日本なんだね。だから木食上人も、不許葷酒入山門、と書いてあるお寺に入っていくときは、許さずといえども葷酒山門に入る、とそういう言葉をつぶやきながら、にやっと笑って入っていく。

この、できるだけ、という言葉と、絶対、という言葉のあいだの距離は、ものすごい距離ですね。ぼくらは、できるだけ、という世界で生きているわけでしょう。その読み替えが可能な世界、絶対がない世界で小説をつくっていくときに、それを自分たちのマイナスとして考えずに、負の条件として考えずにいく方法はないかと思って考えたのが、ぼくのかつての、エンターテインメントという言葉だったわけですね。

エンターテインメントというかたちを、百人のうち九九人は、それをエンターテインメントとしてだけ読んでしまう。その中のひとりかふたりは、ひょっとしたら、許さずといえども葷酒山門に入る、という読み方をしてくれる人がいるんじゃないか、と。

ぼくは六〇年代っていう時代に対する、自分の抵抗感なり、スターリン主義というものに対する自分の批判なりを、そういう気持ちで、葉の世界にひそかにメッセージしたいと思った。それをみんなが面白がって読んでくれればいい、変わった人は違った読み替えをやってくれればいい、と。それができるのは、葉の世界だからだというふうに、実は思っている。

日本の物語ということを、もしも言うとするならば、物語だとかメロドラマとか、あるいは活劇とか、そういうふうなかたちのものを使って、実はまったく違うものをつくりあげること、つまり、日本国憲法の読み替えを、逆の意味で逆転させて使うような、そういう有利さがきっとあるに違いない。そう思ったりするんですね。

ぼくが非常に好きな言葉でね、昔、大衆文芸と言ったのかな、その中には多少なりとも仏教的なことがあるわけでしょう。大衆《だいしゅ》という言い方もある。十牛図《じゅうぎゅうず》っていう絵があって、禅の真理を非常にわかりやすくイラストレーションで示したものなんだけれども、一番最後に悟りを開いた境地というのがあって、それにもうひとつ最後に「入鄽垂手《にってんすいしゅ》」というコピーがあるんですね。何かっていうと、垂手というのは手を垂れてる状態なんです。肩肘《かたひじ》いからせるんじゃなくて、垂れてる。挙手でもなくて、手を下に垂れてる。そして入鄽というものの鄽というのは、市井《しせい》という言葉があるんだけれども、人びとの群れているところということです。市場とか群衆のいるところ、都会。

ほんとに禅なら禅の修行をして自分が悟りを開いた人間は、庵《いおり》の中で自然と向きあってじっとしているというんじゃなくって、ほんとに空《くう》というものを実感した人間こそ、そこから里へ降りていって、そして街角とか、あるいはピンボールやってるとこでもいいや、そういうところとか、人びとの群れつどったところに降りていって、その人たちのもとで手を垂れて、その人たちと交わらなきゃいけない。それが宗教の最後の到達点だというふうに言われてるんですけれども、そこで垂手という言葉があるんですね。手を垂れている。上にあげた手は、イコノグラフィーでは〈慈〉なんだね。それに対して、下におろした手は〈悲〉の印言《いんごん》をあらわす。

たとえば、純文学が挙手の文学なら、いわゆる娯楽小説といわれるものは垂手の文学ではないか……文学という言葉もおかしいな、ジャンルじゃないか。片方は〈慈〉で、片方は〈悲〉なんですね。〈慈〉の中には明るさがあるけれども、〈悲〉の中には暗さがあるしね。それから〈悲〉の中にはメロドラマチックなところもあるし、通俗的なところもあるし。挙手っていうのは天を指している印でしょう。垂手っていうのは地を指している印ですよね。そんなもんだっていうふうに、ぼくはずっと思いつづけてきてる。村上さんはぼくの言ってることとの……ぼくはうまく言えないけれども、言わんとする気持ちだけは、きっとコミュニケートできると思っているんだけれども。つまり、両方あって、合わせて〈慈悲〉の言葉になると……。

作家巫女《みこ》説

村上　五木さんが、いわゆるストーリー・テリング、物語とか使い古した言葉を武器として使うというのは、非常によくわかるんですよ。ぼくの意識としては、たとえばチャンドラーはアイドルですし。

五木　ぼくはいま、五〇歳という齢のせいもあるかもしれませんけれども、ほんとに内発的な娯楽小説を書いてみたいという気があります。内側からつき動かされて……その内側というのは、ぼく個人という内側ではなくって、外側からくるいろんなテレパシーやそういう力。そういうものにつき動かされて書くということになったら、体が悪かろうが、手が痛かろうが、きっと仕事するだろうと。

村上　独立した物語が、内在的なものを揺るがすということはないわけですか。

五木　ぼくは作家巫女説ですからね。巫女っていうのはミディアムか。だから書かせるのは、一人ひとりの人間は全部ひとつの物語を持ってる。百万の人間がいれば、百万の物語がある。仮にここに一千万の読者がいれば、一千万の物語がある。だけど、その人たちはそれを自分の物語として語るにはあまりにも忙しいし、あまりにもいろんなことにとり囲まれている。そういう人たちの集合的なひとつの、月並みな言葉でいえば、無意識のうちにある物語、あるいはわれわれが何代もしょいこんできた神話的な世界みたいなもの、そういうものが作者を通過していって何かを書かせる。

自分の個性とか、自分の能力とか、自分の意志の力というのは、知れたものじゃないのか。個の力を超えたときに、人間は、自分でよくこんな作品が書けたなと思うような作品が書けるんで、作家はふりかえってみて、ああ、いまだったらこういう小説は書けないなあ、と思うような作品が、一つか二つはきっとあると思うんだよ。それを、たとえばドストエフスキーは、デーモンがついたとき作家は、というふうなことで言ったけれども、ぼくはデーモンという言い方じゃなくて、個を超えたもの、よりしろ、ということを言いますね、神が伝わっておりてくるもの、自分の体がそのよりしろになってものを書ければ、と思うわけです。

つまりさっき言った、事の世界でない、葉の世界にいる人間が、葉という虚無の世界の中でどこまでとべるかというのは、自分の力じゃとべないね。ぼくは自分に力がないと思ってるし、昔の小説は、やっぱり六〇年代っていう時代が、ぼくをとばせてくれた、と思います。

村上　ぼくが最初に五木さんの作品を拝見したのは、『平凡パンチ』に出ていた『青年は荒野をめざす』だったんですけども、道具だてというか、そういうものが、風俗的に前衛的な感じがしたんですけど……。

五木　海外旅行がめずらしいころだったからなあ（笑）。

村上 最近は五木さん、だんだん日本的な風土というものに向かわれているような気がするんです。

五木 ええ。

村上 ぼく自身も、最初に書いたときは、アメリカのヴォネガットだとか、ブローティガンとか、チャンドラーとか、そういうものの手法をただ日本語に写し替えるというところから始まったんですけど、自分自身が非常に日本的なものに向かっているんじゃないか、という気持ちがものすごくあるんですよね。

五木 『風の歌を聴け』から今度の『羊をめぐる冒険』に至るまでの小説を見ていると、よく、これだけの短い期間でこんなに変わってきたな、と思うくらい変わってきてますよ。表には、そんなにはっきり見えないかもしれないけれども、作家の意識が変わってきているというのは、すごくよくわかります。

村上 その日本的なものが何か、というのはね、よくわからないんですけれどね。でも、何か自分が日本の固有のものを目指しているんじゃないかということは、ぼんやり感じるわけです。ただ日本的浪漫への回帰とか、そういうんじゃなくて、自分の体にまず同化したいというところが、いま、すごくあります。自分の体がじかに触れているものだけが本来のものであって、それ以外のものは、結局のところ幻想なんじゃないかっていうことですね。だから、ぼくは自分が手を触れることができるものに対しては、できる限り親切でありたいと思います。そして文章というのは、そういった一連の行為の帰結でありたいと思うんです。

五木 それはあなただけのことではないんじゃないかしら。たまたま一昨日、宮内勝典さんと会って、ぼくは今度インドへ行くものだから、いろいろインドの話を聞いていたんだけれども、彼なんか、そういうところは徹底しているね。ヒンドゥー教では人間の一生を四つに分けて、学問する、それから家をつくって、仕事に就いて、子供を育てて、いろいろ人生を考える時期、最後は遊行期っていうのね。子供や家族も捨てて、野たれ死にするために、死場所を探して外に出ていくんだけれども……。彼は自分で子供をつくったけれども、最後には自分が野たれ死にするために、家を捨ててもいい、とも言っていた。

いまの若い、これは作家といわず、ものを考えたり書いたりしている人たちの意識の中に、ぼくらのような、高度成長期にスタートした、その波の中をくぐってきた人間に見られない、こう、ある種の、深い反省があるんだな、と感じました。

村上 ぼくの場合は、子供が産めないですね。産んでいい、という確信がないんです。ぼくらの世代が生まれたのは、昭和二三、四年なんですけど、戦争が終わって、世の中はよくなっていくんじゃないかという思いが、親の中にあったんじゃないかな、という気はするんですが、ぼくは、それだけの確信はまったくないですね。

五木　父親とか母親のことなんかを、語ったり考えたりすることをかたくなに拒絶しつづけてきたんだけれども、最近、少しずつそういうことを話せるようになったのは、自分のルーツや、アイデンティティや、一族再会ということを考えるんじゃなくて、そういうこととは違う感じで、つまり他人として見られるようになってきたからなんだね、完全に。だから、父母のために念仏申さず云々という、自分は両親の供養のために一回も祈ったことなんかないっていう、あの親鸞の言葉なんかが、ぼくは非常によくわかるようになってきて、一日本人がたどった歴史として、父親の生涯を見られるようになってきたから、最近、ときどき、そういう話もするんですけれども……。

　母は四四歳で死にましたから、自分が母親の齢《よわい》を超えたときは、まずほっとした。父が五六歳で亡くなっているから、あと六年頑張れば、父親を超えられるわけだ。そこまでは、やっぱりなんとしてでもね、生きたいな、と思っていますけれども。

五木寛之傑作対談集　1984年

よろこびの歌、かなしみの歌

五木寛之×

美空ひばり（歌手）

美空ひばり（みそら ひばり）

1937年5月29日～1989年6月24日。神奈川県横浜市磯子区生まれ。歌手・女優。本名、加藤和枝。愛称は「お嬢」。幼少期より数々の芸能活動ののち、11歳で晴れてレコードデビュー。続いて主演した『悲しき口笛』が大ヒットし、同名の主題歌も当時の史上最高記録の45万枚を売り上げる。天才少女歌手と称賛され、歌のみならず、映画、舞台などでも目覚ましい活躍を見せた。1960年『哀愁波止場』で第2回日本レコード大賞歌唱賞を受賞。日本の歌謡界を代表する国民的歌手となる。主なヒット曲に『リンゴ追分』『柔』『みだれ髪』『川の流れのように』がある。没後1989年7月2日に国民栄誉賞を追贈。

写真（前頁）は石山貴美子撮影、1984年

生きた戦後史

五木　今、ぼくは横浜の住人なんです。
美空　あら、そうなんですか？
五木　横浜といえば、あなたが大先輩。ひばり御殿ってのがありましたね。
美空　ええ、ありました（笑）。あれ売るときに適当な買いものがなかったもんですから、もう税金だけゴソッと持ってかれちゃったんですよ。なんで税金があるんでしょうね（笑）。税金って、なんかいろんな名前つけて、どうしてこんなに沢山くるのかしら。今、ここへくる前も判こ押してきたんですけど、悲しくなっちゃう（笑）。
五木　予定納税を入れると、収入を上回るときがあるんです、税金ってやつは。
美空　母が亡くなりましてから、なんにも知らなかったことが、ぜーんぶわかるようになってきて……。
五木　ええ。
美空　美空ひばり、すごくお金残してるなんて噂《うわさ》が立ってるらしいんだけど、なんでお金なんか残るの？　っていうんです。こんなに税金とられて（笑）。お金残してたら、今さら借金して家建てたりしないわよって。
五木　どんな家を建てるおつもりなんですか？
美空　こないだテレビで見てびっくりしちゃったんですけど、あちらの国で、ぜーんぶ金《きん》でつくってらっしゃる方がいるんですよね。トイレからなにから、ぜんぶ金。もう気が狂いそうなおうちなんです。でも、私はそんな家には住みたくないの。
五木　いや、そりゃそうですよね。
美空　私は自分が外へ行って、わーっと働いて、疲れて帰ってきたときに、ああ、これが私のおうち――ってほっとできるような、そんな設計をしてくださいね、ってお願いしたんです。で、お値段もそんなに高くしないでね、って（笑）。とにかく、こんな小さな女の子が働いて払うんですから。まあ一生懸命働いて皆さんに御迷惑はかけないようにちゃんとお払いしますけど、でも、お安くお願いしますって（笑）。
五木　なんか東京キッドがバラック建てるみたいでけなげだね（笑）。考えてみるとあなたは歌いつづけてこられて三〇……
美空　……八年になります。
五木　芸歴三八年。すごいことですよね。三八年っていえば、ぼくら日本人の戦後の歴史そのものなんだから。トイレまで純金の家に住んだって、誰から文句のでる筋合いじゃないと思うけど(笑)、まあ、税金の話はよして、すこし楽しい対談をやりましょう。ぼくが引き揚げてきて男女共学ってものを初めて体験したのが、いわゆる新制中・高校時代です。そのころ、教室で皆が歌ってたのが『悲しき口笛』(作詞 藤浦洸)。〽丘のホテルの 赤い灯《ひ》も、って万城目《まんじょうめ》さんのあのメロディきくと、ああ、男女共学、って思いだすんです(笑)。

美空 『悲しき口笛』は映画の主題歌なんですよ。あのロケーションは横浜の街でやりましたから、まだ浮浪児がごろごろいましてね。本職の俳優さんにはもちろん出てもらいましたけど、でも、エキストラはほとんど本物の浮浪児さんたちに頼んで撮影したことをおぼえてます。みんなくさい臭《にお》いをさせながら、一生懸命にやってくれたんですよ。

五木 それこそドキュメンタリーですね。あの頃は今とくらべると嘘みたいに物のなかった時代ですから。

美空 子供たちがアメリカ兵からチョコレートもらったり……。

五木 ハーシーってチョコレートがありますね。あの包み紙を丁寧《ていねい》にしわをのばして机の中に宝物みたいに大事にしてた女の子が、いま日本を代表するデザイナーになってるんです。

美空 今はもういろんな洒落《しゃれ》たアクセサリーがありますけど、あのころ外人がしてた仁丹《じんたん》をつなげたみたいなブレスレットがありましたでしょう? あれが欲しくて欲しくてね。

それとか、うちの一番すえの弟が占領軍のGIの運転するトラックにはねられまして、頭を打っちゃって本当にあぶなかったんです。おかげさまで助かりましたけど、その時に、アイ・アム・ソーリーって、リンゴひとつで終わっちゃったことがありましてね。なんとなく子供心に納得いかない部分があったのをおぼえてます。そのときのリンゴっていうのが、ひどく印象に残ってるもんですから『リンゴ追分』のときに一生懸命歌ったんじゃないかしら（笑）。

五木　そりゃ、できすぎた話だね。でも、『リンゴ追分』はもちろん名曲中の名曲だけれども、ぼくは映画『りんご園の少女』の挿入歌『馬っこ先生』の裏面にはいってる『津軽のふるさと』が好きなんです。いい曲ですよね。あれは。

美空　『リンゴ追分』のほうが先にヒットしてその陰になっちゃいましたけど、『津軽のふるさと』は自分で言うのもおかしいんですが、隠れた名曲だと思います。

五木　大陸的でスケールが大きい。『リンゴ追分』と同じ米山正夫さんの曲だけど、ちょっとカンツォーネふうというか、歌曲っぽいところがあって、米山正夫さんの本来の持ち味が一番よく出てるんじゃないでしょうか。

美空　そうですね。

五木　あの曲に関していえば、昔のオリジナル盤より今のあなたの声帯で歌ってらっしゃるほうが、ぼくは好きです。こないだフジテレビの『ミュージック・フェア』かな、あれで歌われたのを聞いて感動しました。やはり戦後の日本で最高の歌い手は、美空ひばりだな、と。

美空 うわぁ、恐れ入ります（笑）。

天才は孤独になる

五木 ご本人を前において、こういうことはとても言いにくいんですけど、あなたはやっぱり〝天才〟なんですよね。

美空 いえいえ、そんな。

五木 まあ我慢して聞いてください（笑）。

美空 こんな我慢ならいくらでも（笑）。

五木 あなたが天才なるゆえんはね、オールマイティの歌手であるということが、その一つです。演歌・艶歌はもちろんですが、民謡や詩吟や小唄の味も自在に出せる。説教節や河内音頭だって、やれば名人級でしょう。それでいてボサノヴァやジャズ、カンツォーネ、ロックっぽいリズムも見事にこなす。ゴスペルソングだって、フォルクローレだって文句なしだと思います。歌曲をうたっても、表現力という点では、どのオペラ歌手にも負けないものを持っている。やはり口惜しいけど、天才としか言いようがない。

美空 どうしましょう。

五木 それからあなたの歌う日本語は、すばらしく明晰で、わからない文句は一語たりともないですね。これはすばらしいことだと思いますよ。

美空 そうですか。いえ、本当は私が心の中でいちばん大事にしてることを今、言っていただいて、とても嬉しいです。

五木 ミキシング・ルームで聞いてますと、どんな歌でもそれなりに良く聞こえるんですよね。でも、あなたの歌はオモチャみたいなラジカセで聞いても、歌詞のすべてが粒立《つぶだ》って聞こえます。現在の音楽界ではアメリカ的なサウンド重視の傾向が主流ですけど、アジアからアフリカ、ソビエト、中南米と大きな視野で音楽の現状を見ますと、メッセージとしての歌詞が何よりも大切にされてることがよくわかるんですよね。その意味で、あなたの歌は、いま世界のいちばん大きな流れの中にあると思います。

美空 そんなこと、あんまり言われたことがないから戸惑っちゃうわ。

五木 もうひとつ言わせてください（笑）。リズム感と、表現力と、それから最後に説得力ね。これが凄《すご》い。ちょっと強すぎてこっちがタジタジとなるくらい（笑）。たとえば、そうだな、有線のヒット曲をうたってるアルバムの中で、『矢切の渡し』がありましたね。

美空　はい。

五木　あれは他の歌い手さんの持ち歌だけど、あなたが歌ってるのを聞いたらびっくりした。最初の二行の歌詞のところ、女の人のセリフと男のセリフとが見事に歌いわけられていて、ミニ・ミュージカルを聞いてるような気がしました。作曲の船村徹さんが意図した通りに表現していて、間然《かんぜん》するところがない。不思議だね。

美空　（笑いころげつつ）おほめいただきましたけど、でもあれ、本人はとても歌いにくかったんです。どんなメロディかって、ちあきなおみが歌っているのを聞かされちゃったんですね。私、人の歌を聞いてしまうと、どうしても耳について……。あの子は日本中で美空ひばりの物真似《ものまね》をやらせたら一番で、とても私の特徴をとっているんですね。

五木　今日ぜひ聞いてみようと思っていたんですが、微妙なところで唸《うな》りたくなるようないい味があって、それはご本人は計算して歌っているのか、それとも自然とこういうふうになるのか、と。

美空　どういう所でしょうか？

五木　フレーズの終わりのところで「アー」の母音で伸ばすときに、ひばりさんは「アー」と伸ばしてしまわずに、どっかでちょっと「オ」みたいな音に微妙に変わって、最後に「ア」

にもどるんだよね。あれは聞いていてものすごい快感なんですよ（笑）。すごくおもしろい。

美空　あたしぜんぜんわかんない（身を折って笑って）。

五木　それから「オ」で終わるところは、「オー」と伸びずに、ちょっと曖昧《あいまい》な「ア」というう感じになってそれから「オ」で終わるわけ。たとえば、森進一のなんとか桜という……。

美空　『冬桜』ですね。

五木　そう。あれの「冬桜ァ」の「ラァ」がちょっと微妙に「ラォ」に近くなって「ラァ」で完結するわけ。

ずっとラァで歌ったら単調になるんだけど、あれが何ともいえずいいんだよね。どこかくすぐられるような快感があるんです。

美空　いやー知りませんでした、もう一ぺん聞き直してみます（笑）。

五木　細川たかしの『新宿情話』（作詞　猪又良）にしたって、彼は、〽泣いてるヒロ子、のヒロ子を「オー」って歌う。あなたが歌うと「オ」がかすかに「ア」となってさらに「オ」になって終わる。そのへんがぞくぞくっと肌に泡がたつんだ。日本語っていうのはある意味ですごく単調なところがあるんです、音として。

美空　ええ、そうです。

五木　日本語を曖昧に発音する人だったらそこがわからないけど、あなたは日本語をすごく正確に歌って、すべての詞《ことば》がぜんぶ粒立つように聞こえる人だけに、部分的にあんなふうに微妙に音が変わるのは、きっと計算しているに違いない、という気がぼくはありまして（笑）。

美空　いいえー。無意識で（笑）、今までまったく気がつきませんでした。

お話に出た『冬桜』を舞台で歌ってほしいという声が多いんです。ただ人の歌なもんですからね、それを宣伝するのもよしあしだと思って（笑）。私はずるいんで、自分の歌を宣伝したいのね（笑）。

五木　ぼくは、あなたがご自分の歌を歌っているのを全部聞いて、その他に人の歌を歌っているのも全部聞いてみて、どうして他人の歌をこんなに愛情こめて歌えるのかと、不思議でしようがない（笑）。『冬桜』も『矢切の渡し』もとてもいいし、『兄弟船』なんかは、特に出だしの部分は最高でしたよ。

美空　ありがとうございます（笑）。でもどうなんでしょうか、人の歌を宣伝することになるのは（笑）。

五木　横綱なんだから、大きく構えて（笑）。でも、あなたみたいに才能のありすぎる人の悲しみって、やはりあるような気がするなあ。

美空　いいえ、ありすぎるっていうのはどうも（笑）。

五木　あえて言わせていただくと、歌詞の意味や作曲家の意図をおしはかり、それに今度は自分の解釈も加えていく——そういうふうに三位一体でバチッとできあがりすぎると、今度は、歌を聞いている聴衆が入り込む余地がなくなっちゃう。もうどこもいじれない。

美空　いじれないってそんな（笑。ハンカチで顔を覆って）。

五木　歌を聞いている人は、どんな人間でも芸術家なんですよ。変な話ですけど、下手な人の歌がときどきヒットするのは、聞いている人が補って歌っているからなんですよね（笑）。聞き手が歌い手になったような気分になれる。ところがあなたの場合には、一二〇パーセントばっちり歌っていらっしゃるから一緒に歌えない時がある。ただ手をつかねて、呆然と聞きほれるだけ。そんなとき、あなたは孤独な天才になってしまう。そこを天才の悲しみと言ったんです。乱暴なことを言うようだけど。

あなたは日本の戦後史の歌謡界を築いてきた人だから、これから時々、手を抜かれたらどうですか？

美空　わッ！（胸を押さえてソファーに倒れこむ）ああー（笑）。

五木　だって真剣すぎるんだよね、歌に関して。

美空　それはいえますね。でもこれがなくなったら、あたしきっとやめると思うんです。一生懸命やらなくなったら。

五木　トータルで考えて、一点ぐらいわざと気を抜いていかないと、長生きできないでしょ（笑）。こっちもつらい。

作者は鐘《かね》で、読者は撞木《しゅもく》

五木　これからは少しよわよわしい歌も歌って欲しいと思うんですけどね。

美空　おふくろという人は、美空ひばりは弱い女の子ではない、何事にも負けない強い女の子なんだ、と育てたかったんですね。ですから歌のほうも、強い歌がものすごく多かった。私は人生に負けない、強い風が吹いたって私は立ち直る、と。私の前半の歌は、そういう人生のことばかりの、強い歌なんです。

今になってみると本人はそれが不満なんですね（笑）。「私はそんなに強い女じゃない、私だって弱い面がこんなにあって、一人で布団かぶって泣く時だってあるのに、これじゃ女心をわかってもらえない部分もあるな」って思って、この頃は寂しい歌や女心を歌いたいっていう注文ばかりしているんですけどね。あまり強い歌が多いんで。

五木　非常にいいお話ですね。ぼくはお母上のその考え方は、個人的なものじゃないと思いますよ。

というのは、戦後から現在にいたるまで、敗戦の中から立ち直って成長していく日本は、絶対強く生きていかなきゃいけない時代だったんですね。極端な話、本当に食べる物がなくて、子供も裸足だった時代でしたから、嵐がこようと何がこようと、とにかく生きていかなきゃいけないという日本人の気持ちがあった。お母上はそこを見てらしたと思います。

美空ひばりは日本人の心を歌う歌手である。今、日本人は強くなきゃいけない、だからひばりは強い歌を歌わなくては——と、そうだったんじゃないでしょうか。

美空　ええ、おふくろの気持ちを今、そのまま言っていただいたような気がして、うれしいです。今みたいなお話を聞くと、ああ、私が強い歌を歌ってきたことは無駄じゃなかったなと……。

五木　時代の変化というものがありますからね。日本も今や世界のサミットなんかに大きな顔して参加する時代になって、強いばかりじゃしようがない、という気持ちが一般の人たちの間にもある。若い人もそのへん、ずいぶん変わってきた。アジアのいろんな国々へ日本から経済協力をどんどんしなきゃいけない時になってきている。見かけだけ大国になった陰の悲しみもある。

今もしお母上が生きてらしたら、敏感にそういう時代の動きを汲《く》み取って、「さあ、今まで強い歌をやってきたけど、このへんで優しい歌もやりましょう」と絶対おっしゃったと思いますよ。

美空　今、寂しい歌を歌いたいとか、女心を歌いたいということが、ふっと自分の心の中に湧きあがってきたというのは、おふくろ自身が、とても強いと思われていながら、時としてわっと私にかぶりついて、おふくろが子供になって、私が親になっちゃうところがあったんです。

男の人の前であんなに強いことといっていたのに、こんなに涙を流す時もあるんだ、やっぱり女は弱いところがあるんだと思いました。そうした思いがずっとあったことと、世の中が安定してきたという時代の動きもありまして、強い女の子として育ててもらった私が、今ふっと寂しい歌も歌いたいわ、そんな強い歌ばかり歌っていられないわよ、という時期になったんだと思います。

五木　自然とそういうふうにね。それはやはりみんなが今は寂しい歌を歌ってほしい、かなしい歌も歌ってほしい、と心の中で要求しているからじゃないですか。

天才というのは、自分だけの能力なんですが、大天才というのは何千万人という人々の願望とか哀しみとかいうものを、すべて自分の体の中に吸いとることができて、そのエネルギーによって、普通の人が一・五とか二メートルしか跳べないところを、その三倍も跳んだりできる人だと思うんです。あなたはきっとそうなれる人だから……。

美空　そうならいいんですが（笑）。私は自分の歌いたい歌が、みなさんが歌ってほしい歌だったらな、と思っています。

五木　そうだといいね。ぼくは小説を書いて、題名の下に作・五木寛之とか署名していますけど、本当は自分が書いたとは思っていないんです。

　どんな人もみんな自分の物語というのを心の中に持っているんですよ。ですからそういう人々の心の中にある物語を、自分をできるだけ空《から》にして、すーっと吸い込んだのを自分が代理人として小説の型にして読者に投げ返す、そんな感じを持っているんです。ですから本当は作者ではなく、代作者でしてね。

美空　そうですか。

五木　作家は鐘だというのが、ぼくの持論なんです。たとえばお寺に鐘があって、撞木に撞《つ》かれて鳴る、撞くのは読者の物語をのぞむ心であると。作者の力量というのは、いい音を出せるか、濁った音しか出せないか、余韻があるか、ということだけなんです。「ああ、この鐘を撞いてよかった」と撞いた人を感激させられるような鐘の鳴り方ができるかどうか、そこに作家の力が問われていると思っています。

美空　歌もそういうことなんでしょうね。

うまくなることで失うもの

五木　最近の歌い手さんのことで、時々気になることがあるんですけども。
美空　どんなことですか？
五木　古いヒット曲を、ベテランの歌手の方が歌うでしょう。その人は、人生経験も増え、テクニックも上達して、最初に歌った時より、ずっとうまくなっているんです。そうするとぼくらが親しんでレコードで聞いた昔の歌い方とぜんぜん違ってきてしまっているんですね。
美空　ええ。
五木　ご存知ですか？（身を乗り出して）ぼくらは歌っているんですよ、いっしょに。テレビやレコードでその歌が流れると、心の中でいっしょに声を合わせて歌っている。ところが、歌い手さんがうまくなりすぎたために、ずれてくるわけですね。譜面どおりに歌っていかずに、バラード風に歌ったり、いろんなバリエーションをつけたりして……。
美空　ええ、つけますからね。

五木　そうするといっしょに歌えない。子供の時や若い時から、そのヒット曲に身を入れて聞き、共に時代を生きた人たちにとっては、自分はこんなところにいるんだけれども、あの歌手は、遠くへ行ってしまった、みたいな寂しい気持ちになって……。

美空　わかります。

五木　レコードの作り方っていうのは、とてもせっついて作るものですよね、現場では。ですからそのときは歌手もほぼ譜面どおりに歌っているんですよ。そしてぼくらはそのレコードで心に歌をきざみ込む。

で、一〇年とか一五年たって聞いてみると、歌い手の方としては、なんか子供っぽい歌い方をしているんじゃないか、味がないんじゃないか、と思ってしまう。

美空　ええ、で、変えちゃうんですね。

五木　小説なんかでも、自分の最初の作品見てもそう思いますけども（笑）。

ですから二〇年前のヒット曲をオリジナル盤のとおりに歌う人は少ないんですね。それはいっしょに歌わせてもらっている側としては、じつに寂しい。

美空　それはやっぱり気をつけなければいけない部分ですね。本当に人ごとじゃなくて……。

今おっしゃったように、昔の歌を聞いたかたは、最初の歌い方がやっぱり好きなんじゃゃ

写真は石山貴美子撮影、1984年

ないかしら。

五木 うまく歌ってしまうということになるのは、ヒット曲を歌い手さんが自分の持ち物と思っているからなんです。「これは私の歌なんだから私が好きに歌っていいんだ」と。そうじゃなくて、みんなの財産なんですよ。

美空 みんなの財産ね。

五木 作曲家が要求する譜面に忠実に歌えということじゃないんですね。その歌を自分のものだと思っている多くの人々の、心の譜面に忠実に歌ってあげなきゃいけない。みんなの歌を代わりに歌わせていただいている、自分の歌だけどもあの人の歌でもこの人の歌でもある——大天才というのはそう思える人なんです。

美空 すごく大事なことなんですね。

五木 ぼくの知っている限りでは、ひばりさんのそうしたヒット曲の歌い方は、年輪を加えてもなおすごく原盤に忠実ですね（笑）。

美空 ありがとうございます（笑）。大阪フェスティバルホールでの公演では、昔の歌をずっとつづっていったのですが、わざとじゃなくて、昔の声になっちゃうんです。本人が照れてやるなら絶対できないです。堂々と歌っているんですよ、あれは（笑）。それがまたお客さまにはとても懐かしいらしいですけど。

五木　昔の声で『私は街の子』とかを歌われると、もうそれだけで胸がじーんときて、「ああ来てよかった」と思うでしょうね。

美空　ただ米山正夫先生にいただいた『リンゴ追分』を一時、私は〽えーええ……と「え」をのばして節をつけるところで、一ぺん息をついて歌っていた時期があったんです。

いつ頃でしたかパーティで米山先生とお会いしたら「ひばりちゃん、ちょっとちょっと」と手招きするんで「なあに」って片隅に二人でいきましたら「『リンゴ追分』の〽えーええのところね、最近どうして変えて歌うの。あそこで息つかれちゃってぼくびっくりしちゃったよ」と言われたんです。

それではじめて気がついたんですね。「昔のは息ついてなかったんですね」「そうだよひばりちゃん、息ついてないからいいんじゃないか」ということがありました。

私はいいこと聞いた、と思って。わりと素直ですから(笑)、それから後は『リンゴ追分』を歌うときは、絶対に切らないわけです、いくら苦しくても。

五木　なるほど。

美空　昔の歌は昔の声で歌うといっても、『リンゴ追分』みたいな味のある歌になりますと、今の大人の声に少しなるわけです。そうするとやや遅いテンポになって、呼吸が長くなって息に多少負担がかかっていたのかもしれませんね。

苦しいのと感情移入とがいっしょになって、ふっと息をついて、次の節を出していたんだと思うんです。

そのひばりのずるさというのを、作者である米山先生はしっかり聞いてらして、我慢できないから「ちょっとちょっと」と呼んで知らせてくださった。その運のよさ。気付いた以上は直さなきゃいけない、と……。

五木 あ、それは偉い（笑）。

美空 これは私の思いすごしかもしれませんけど、（両手を広げて）〽えーええで息を切っていた時と、息を切らなくなってからでは、拍手の音が違うんですね。

五木 ほう。

美空 と、私は感じたんです。これでよかった、と今でも思っていますけど。運がいいですね。そういうことを知らされて。

『釜山港へ帰れ』のウラには

美空 韓国からも、来て下さいというお話がしょっちゅうあるんですよ。日本人とすごく歌の好みも似てますでしょう。

五木　でも、地理的には近いけど、感性的には大きなへだたりがあります。みんな簡単に似てるなんて言うけどね。感情の表現の仕方と歌とは違って、基本的にはメジャーな、非常に大陸に近い国民なんですよ。

　ぼくは中学校まで一三年くらいむこうにいましたから。玄界灘ひとつ隔てただけの距離にありますし、日本と韓国は兄弟みたいに言いますけど、たとえば夫婦喧嘩しているときにだれかきますと、日本では一時休戦して笑顔で新聞料金なんか払ってその後またジトジト続けるというところがありますけども、向こうでは外へ飛び出していって、「この人は私に対してこういう不誠実なことをした、みなさん聞いてください！」って、近所の人を集めちゃう（笑）。

　いい悪いじゃなくて、胸の中に秘めて自分だけじっと耐えるという発想ではなく、思ったことはきちっと表に出す民族性なんです。陰湿じゃない。

　音楽でいうならば、日本に韓国の歌謡曲として入ってきている歌は、日本人好みの歌ばっかりなんじゃないですか。

美空　ああそうですか。

五木　どっちかっていうと、激しく、強い。伝統的なパンソリやサムルノリを聞くとそのつよさに驚かされますよ。

美空　じゃ演歌はあまりわからないですか？

五木　同じ演歌にしても、表現の仕方がストレートですね。あなたの歌の中には、強い歌がたくさんあるし、また強いかなしみっていうのがあるから、十分わかってもらえると思いますよ。

『津軽のふるさと』は、韓国の人も感動すると思いますね。あれは大オーケストラをバックにしてピッタリですし、ギターひとつで歌ったっていい。大人の歌ですから、原盤と今のテープを聞くと、昔の声じゃなくて、今の厚みのある声のほうがいいですね。

美空　メロディ的に、はじめて歌ったころはわかってなかった。今はわかります。全部自分の中に入って歌っているから。それはメロディのすばらしさですよ。

五木　初対面のぼくがこんなこと言うのはぶしつけなんですが、これはちょっとということが一曲あって、それは『釜山港へ帰れ』なんですが……。

美空　ええ、どうぞ、なんでしょうか。

五木　あれをひばりさんは、とてもかわいい、切ない女の歌で歌っていらっしゃる。でも実はあの歌の曲想は、もともと強い歌なんです。『釜山港へ帰れ』には、男と離れている女の個人的な悲しみだけではなくて、民族とか、国の対立とか、歴史とかいったことを全部ひっくるめた上での、大きなかなしみが背後にあるわけですね。

もしぼくがあの曲の作曲家やディレクターだったりしたならば、これは男でも女でもない、一個の人間としてこの歌を歌ってほしい、という意見をあなたに出したかもしれません。美空さんのすばらしいところは、そういう歌い方ができるところなんですよ。

美空　アレンジのせいもあるんでしょうか。

五木　いや、原曲の歌詞と日本語の歌詞のニュアンスが全然ちがうからでしょう。言葉を大切にされるひばりさんは、日本語の意味どおり歌われているからかえって歌が小さくなった。

美空　そうなんですか。この間の大阪フェスティバルでの公演でも歌ったんですが、最近はレコードよりずっと強く歌ってしまうんですね、おかしいですね。レコードの時はちょっとまだ自分の中に入っていなかった。

五木　日本の場合には、何かに託して自分の気持ちを伝えるでしょう、直接ではなく。だから本来の『釜山港へ帰れ』の歌詞の背後には、もっと強いこれというものがあるんでしょうね、あの歌には。

美空　歌っていうのは、作った人のイメージを壊してはいけないと思うんです。それは大事にしなければいけない。そういうことを考えて、どんな曲でも歌いたいです。

五木　変な話ですけど、ひばりさんの歌は、男の歌でも女っぽさがある歌い方のほうがいいみたいですね。

美空　うーん、そうですすね。

五木　日本には、昔から男性はひとりでは強くない、という考え方があるんですよ。女性の力を借りると、両性具有といって、二倍の力を持つ、と。

ジャンヌ・ダルクは男装して国難に当たったわけですし、日本武尊《やまとたけるのみこと》は女装して熊襲《くまそ》を征伐にいくわけです。男がお化粧するのは――学者は「妹《いも》が力」といっていますけども、女性の力を自分の中にみちびき入れることによって、男性の力も倍になる。逆に男らしさを女の人が兼ね備えることによって、女の人の力も倍になるという考え方があるんです。

ですからあなたが歌っていらっしゃる男の歌がスケールが大きいというのは、その両性具有というものだろう、とぼくは思うけども。

美空　そうですね。公演でも、前半では、着流しの男装で昔の歌を歌っていますけど、それで倍の力になれれば……（笑）。

五木　そこで男になりきっちゃうとつまんないですよ。やはり女であり男であるという部分じゃないと。

美空　本人としてもすごくそう思います。コロムビアさんに聞いといてもらわなきゃ（笑）。

男装をやるようになりましたら、昔より声がものすごく低くなりました。ただ「ひばりちゃん、高音が出なくなったんじゃないの？」って最近いわれるんですけど、子供の時は地声で出していたんですが、今は大人の声帯になったんで、裏声で昔の音が出るようになっているんですね。

五木 ぼくはあのファルセット（Falsetto 裏声）の部分が好きなんですよ。

美空 こうやってお話ししている声が、ずいぶん低くなって、ほとんど男っぽい声になりましたからね（笑）。電話なんかで、まあ、ちょっと好きな人と話をする時なんかは……。

五木 かわいい声になりますか？（笑）

美空 ええ、ふだんみたいな低い声はあんまり（笑）。少しは気取った声を作って話しますけどね（笑）。

だいぶ前ですが、『哀愁波止場』の〽〝夜《よーる》の〟というあの裏声が出にくくなっちゃったんで、最初で最後、喉《のど》のどまん中に注射されて、お陰で直りましたけど、その時に浪曲まではいかないでしょうけど、声ができあがっちゃったかもしれないですね。

五木 なるほど。

美空 それから声がつぶれるってことはいまだないんです。ただ五〇代になりますと人間の顔と同じに、声帯にもシワができるそうなんで、喉の先生が五〇代になったら気をつけなさいっていうんですけど……。もうすぐ近づいているんですよね（笑）。

五木　そうでしょうか。ぼくはちょっと違う意見を持っていますけども。

美空　もう不安になってきているんですよ、すこうし（笑）。

五木　たとえばアラン・ドロンとか、年とってくるとすごくいいでしょう。

美空　ああ、いいですね。

五木　ユパンキという、アルゼンチンの大作曲家で詩人で歌い手さんのフォルクローレがぼくは大好きで、ずっと二〇年くらい聞いているわけですが、最初に聞いたレコードが五〇すぎてからの歌だった。そのあとで若い時のやはり人気歌手だったころのを聞くと、キンキンの美声で全然ちがう。五〇になってからがいいんです。シブミのある、年輪を感じさせるハスキーでね。声のシワとか年輪とかですばらしくなっているのが、今のユパンキなんですね。ですから、ぼくは、これからのひばりさんの歌が楽しみです。

美空　それでは、自信を持って五〇代を迎えましょう、なんて（笑）。

五木　そうです。喉のシワで勝負（笑）。

「おれの五〇代にはあれがはやっていたな」というふうに、これからも楽しませていただきたいと思うんですね。

弱さを出せるのは強くなった時

五木　何年か仕事を休んだことありますか？　ぼくは二度休んでいるんですけど（笑）。

美空　ないんです。私たちはちょっとお留守しちゃうとその間に違う歌手がぽんぽん出てくるから（笑）。

五木　それは小説の世界だって同じですよ。三年半ぶりに帰ってきて囲《まわ》りを見まわしたら、もう雑誌の目次は知らない作家ばかりだし、編集者もぼくがつきあった人は部長とか局長になって現場を離れているんで、浦島太郎みたいな気持ちですね。新人賞に応募しようか、という感じで、ぼくは今やっているんですが。

美空　でも私は休んでしまってはもったいない、ってがんばっちゃう。

五木　歌を歌い続けていくエネルギーの源泉は何ですか？　梃《てこ》になっている部分は。

美空　自分にはこれしかないからじゃないですか、つぶしがきかないですから。芸者になろうと思ったこともありますしね（笑）、いろいろ考えたんですが、私、他に何にも合うものがないんです。あと何の才能もないんですよ。

五木　芸者さん、いいよね（笑）、才能ありますよ。

美空　私ですか？　ありがとうございます（笑）。「お嬢、今夜は五木さんよ」なんてお座敷がかかったりして（笑）。

五木　『関東春雨傘』なんて、馬賊芸者の感じがあるじゃないですか。

美空　できればいいけども（笑）。

やっぱりお休みが必要だな、と思うことあるんですけど、私にはこれしかできないから、生きている限り歌っているかもしれない。勲章がほしくて歌っているんじゃないんです。五〇周年、六〇周年もできますね、ってずいぶんオーバーなお世辞だとは思うんですが、ありがたい言葉で……。

五木　ぼくらは鉛筆一本でやっていけますけども、スタッフとか興行とかまとめなきゃいけないから大変だと思います。

この間、テレビ朝日で、芥川龍之介がなぜ自殺したのかという番組を見たんですが、松本清張さんが「書けなくなったんだよ」とストレートなことを言ってらしたんですが、作家が才能の限界がきて書けなくなるということは大変なことなんですよ。

美空　中村メイコが三島由紀夫さんをうちに連れてきたとき「なによ、あのお坊さん」って言っちゃったんですけど、あのかたの亡くなりかたは、みなさんの見方はいろいろあるでしょうけど、私はあまり尊敬できませんね。

行き詰まったってなんだって、あんな派手なやりかたされると、私は尊敬できないんです。死にたいならみじめに死んでもらいたい。だけど、生きるほうがほんとうは難しいと思うんですけども。

五木 ええ。

美空 やはり才能あるかたは死んじゃいけない、と今、私は思っています。私も死にたいと思ったことがあるんですから、その人間が言っているんですから、絶対、正しいと思いますね（笑）。

五木 ひばりさんは歌だけじゃなくて、講演をやっても説得力があるね（笑）。日本人を励まして全国を歌ではなく講演で……。

美空 そんなこと言わないで下さいよ。ほんとは弱い女の子なんですから。

五木 自分の弱さを表に出せるってことは本当に強くなったときですね。あなたも、自分の力で生きて歌って行かなきゃならなくなって、きっと本当に強くなったんじゃないかと思うんです。だから、ガンバル歌だけじゃなくて、かなしい歌ももう一度歌おう、という気持ちが持てる。母上が生きてられても、きっとそういう時期だったんじゃないでしょうか。もう肩肘《かたひじ》いからせて生きる時代じゃないんですね。

美空 うちのおふくろは立板に水みたいにダーッとしゃべっていたのに、亡くなる前は口が利《き》けなくてね。テレビで宇野千代さんが「私は花咲ばあさんよ」ってしゃべっている感じがおふくろそっくりなんです。（涙をふきながら）宇野千代さんが「私だけ幸せを味わっていないで、みんなに幸せをあげたい」っていう部分に感動してしまいました。

五木　いろいろあるよね、生きてると。でも、これからもう一度、時代を揺さぶる歌を歌ってください。

今日はありがとうございました。

美空　こちらこそありがとうございました。

五木寛之傑作対談集　2002年

直感とは単なる閃《ひらめ》きではない

五木寛之×

長嶋茂雄（野球選手・監督）

長嶋茂雄（ながしま しげお）

1936年2月20日、千葉県印旛郡臼井町（現・佐倉市）生まれ。元プロ野球選手・監督。読売ジャイアンツ終身名誉監督、日本プロ野球名球会顧問、ジャイアンツアカデミー名誉校長。立教大学経済学部卒業。大学野球で活躍後、読売ジャイアンツへ入団。王貞治とともに「ON砲」と称され、巨人軍のリーグ9連覇に貢献した。日本の大卒プロ野球選手として400本塁打・2000安打の同時達成は史上初となる。NPB（日本野球機構）最多記録となる最多安打を10回獲得。首位打者を6回獲得し、セ・リーグ最多記録となった。巨人軍4番出場試合数第2位。選手引退後は監督として活躍した。2013年に国民栄誉賞を受賞。2021年にプロ野球界では初となる文化勲章を受章。

写真（前頁）は共同通信社提供、2003年

学生時代に見た長嶋さんのプレー

長嶋　今日はお忙しいところを、どうもありがとうございます。
五木　こちらこそ、よろしくお願いします。
長嶋　五木さんは、小さいときから非常に野球に熱中なさったというふうに聞いているんですけれども。
五木　いや、非常にというと大げさなんですが、昭和二〇年代というのは、日本人の男の子はみな、野球少年でしてね。
長嶋　はい、はい。
五木　アメリカからフラナガン神父という人がやってきたときに、新聞に「野球をやる少年に不良はいない」という発言が載ったんです。でもやっぱり、リーダーはみんな不良でしたけど（笑）。
長嶋　アハハハハ（笑）。腕白というか、ガキ大将はみんな野球やっておりましたからね。
五木　物資不足の折ですから、厚い布を縫い合わせてグラブやキャッチャーミットを作ったものです。それとボールは、当時はクレハのゴムボールというやつで。

長嶋　ありました、ありました。
五木　強い球がきて捕球すると、布のグラブは「バシッ！」と痛いんです。畑の中にボールが飛び込もうものなら、もうみんな目の色を変えて、潜り込んで探してましたね（笑）。
長嶋　あの頃は、貴重でしたものね。
五木　それくらい熱中してやってましたから、テレビで選手がボールを捕球した瞬間を見たりすると、てのひらにあの感触が蘇《よみがえ》ってくる。
長嶋　そうですか！
五木　そこが今の観客と、ちょっと違うんじゃないかと思うんですが。
長嶋　そうですね、貴重な体験だと思います（笑）。
五木　僕が早稲田に入ったとき、ちょうど長嶋さんが立教大学のサードとして大活躍されてましたけど、長嶋さんは何年の入学なんですか。
長嶋　僕は昭和二九年に入りまして、三三年に卒業しました。
五木　私は昭和二七年に入りまして、途中ダブったりして、三二年に中退しました（笑）。
長嶋　ということは、大学生時代の終わりの二年、三年が重なってるんですね。
五木　あの頃の長嶋さんの風貌を、今でもはっきりと思い出すことができるんだ。
長嶋　いやいや、ありがとうございます（照れ笑）。じゃああの頃、神宮のスタンドでご覧になったんですか。

五木 そう、デモの帰りによく行きました（笑）。

長嶋 そうですか、デモが終わってからね（笑）。

五木 当時、立教には小島というピッチャーがいて。

長嶋 小島さん、おりましたね。

五木 松本とかね。

長嶋 はい、松本さん、いらっしゃいました。

五木 記憶に残ってる選手ってたくさんいるんですが、長嶋さんのちょっと前だと思うけど、早稲田の黄金時代というのがありましてね。ショート広岡、サード小森、セカンド宮崎、そしてライト荒川、センター岩本、レフト沼沢という時代に神宮に通ったんです。ピッチャーが小倉高校からきたアンダースローの福嶋とか。

長嶋 木村さんとは、学年は二年違ったんですけれども、非常に仲がよくて、試合がないときなんかは一緒に食事に行ったりしました。

五木 そうですか。でもやっぱり、永遠の青年とは言うものの、当時とくらべるとやっぱり長嶋さんもお歳《とし》を召されましたね（笑）。

長嶋 あれから半世紀近い歳月が経てておりますしね（笑）。

五木 何年のお生まれですか。

長嶋 昭和一一年です。

五木 私と四つ違うんですね。歳月というものをつくづく感じますけど、こうして気楽に、「長嶋さん」なんてお呼びしてますが、普段みなさんは「終身名誉監督」とか、そういうふうにお呼びになるんでしょう?

長嶋 やっぱり「監督」が多いですかね。まあ肩書きは、終身名誉監督ですが、やはり監督という言い方が呼びやすいんでしょうね。

五木 僕なんかは、地方に行ったときに、「先生」なんて言われると落ち着かないことおびただしい。だから、「五木さんで通してくれ」って言うと、逆に向こうの方が困られるんですよね。適当に「先生」って呼ぶほうが無難なんでしょう(笑)。

長嶋 どうなんでしょうか(笑)。

直感とは単なる閃《ひらめ》きではない

長嶋 五木さんは、直感力というものを、非常に大事にしたいとおっしゃっていますよね。

五木 私は「勘」というものは、ものすごく用意周到に計算されたものだと思うんです。

ふつう一瞬の閃きみたいに考えられがちですが、その背後にあるものをよく見なきゃいけないんじゃないでしょうか。

長嶋　それは大変興味深いご指摘ですね。

五木　私は九州の人間ですから、わりと直感で物事を進めたりするように見えますけれども、実は意外と、ちゃんと調べるほうなんです。

長嶋　そうなんですか。

五木　野球を始めたときも、普通はキャッチボールから始めますよね。でも私の場合は違って、まず野球の歴史が書いてある本を読むんです。それで正岡子規という文学者が深く関わっていたことを知り、直球なんていう言葉も彼が翻訳したということを学んで、「文学少年が野球をやるのはとってもいいことだ」と思ってからキャッチボールを始めるタイプなものですから（笑）。

長嶋　なるほど〜（笑）。

五木　でも最後はね、やっぱり自分の直感が頼りになると思うんです。長嶋さんもご自身では、そういう閃きの人間だって言われてますが。

長嶋　よく言われておるんですが、やっぱり即興的なものではないですよね。五木さんのおっしゃったように、背景、あるいは相手の状況、すべてが集約されたものが直感になりますでしょうか。
五木　そう、そう。
長嶋　科学的な説明もできますが、最終的には、一四五キロもある直球を、直径わずか六〜七センチのバットでとらえて、それを人のいないところに打ち返すわけですから、やはり感性が大事です。
五木　おそらく勘というのは、過去の経験と未来の予測とを掛けて、答えを出したものだと思うんですよ。ところがその過程を、代数の式にしてみんなに示せるかと言われると困るんじゃないでしょうか。
長嶋　うーん、難しいですよね。
五木　ですから、詳しく説明してくれと言われても、みんなが、「なるほど」と納得してくれるには、一時間かけて説明すればわかるかもしれませんが、そこまでできませんでしょ。
長嶋　そうですね。
五木　ですから瞬間的にパッと判断する。でも、普通の人にはその過程がわからない。それで勘だと言われるんだと思うんです。
長嶋　そうですねえ。

五木　僕もそうなんです。本を作るとき、「この活字の位置、五ミリくらい下げたほうがいいよ」などと言うのは、背後にもう四〇年くらい活字に携わってきた経験から出てくる計算があるからかもしれません。

長嶋　なるほど。

五木　でもそれを説明してますと日が暮れますから。

長嶋　いちいち説明できませんもんね（笑）。

五木　できません。できませんけど、実はプロセスを説明する暇がないから説明しないだけで、説明すれば非常に高度な代数や、微分積分を使ってるんだっていうことがわかってもらえると思います。

長嶋　そうですね。

五木　長嶋さんは、絶対そういうタイプだと思う。

長嶋　いやぁ、どうもありがとうございます（照れ笑）。ネット裏で解説するときには、説明する時間があるからいいですが、指揮をとるときなんかは、もうその場その場で判断していかなくちゃいけませんから。ピッチャーを交代するのに、一三〇球目にするのか、一三五球目にするのか、それはもう直感です。それで打たれて負けたかとか、結果が出るんですが、やっぱり勘っていうのは重みがあると思いますね。

五木　ええ。

「長嶋さんだからしょうがない」という世論

長嶋　これは野球ばかりでなくね、ゴルフやサッカーでも同じじゃないでしょうかね。この六月のワールドカップサッカーで、一流のプレイヤーを見てましても、みんなそれなりの直感を持ち合わせてますよね。

五木　そうだと思うんです。

長嶋　一瞬一瞬プレーのなかで、直感力がはたらいて、パスするところをしないで、直接攻めてゴールを決めてみたりですとか、ポストに当てながらゴールするとかですね、いろいろなどんでん返しが勝負のなかにあったわけです。それをひと言で解説するなら、「ミラクル」って言うんですけれども、やってる本人にとっては奇跡でもなんでもないんですよね。

五木　私の本をよく出す幻冬舎の社長が、自分で「人はこの努力の結果を、幸運と言う」という名言を吐いてましたけどね（笑）。

長嶋　アハハハ（笑）。

五木　だから、長嶋さんに当てはめるなら、「人はこれだけの計算の結果を勘という」ということじゃないですか（笑）。でも、長嶋さんの偉大なところは、そういうことを説明しようと思えばできるのに、全然なさらないでしょう。
長嶋　まあ何と言われてもね、あえて否定も反論もしませんでしたね（笑）。
五木　それで、「長嶋さんだからしょうがない」という世論を作っちゃった。僕はそれ、すごいなと思ってました。
長嶋　いえいえそんな……（笑）。ただ勝負の世界で、エクスキューズすることは、いちばんよくないですよね。いちいち反論、言い訳しなくても、いずれ人はわかってくれると思うんですが。
五木　私はその看板を背負いきれないことがあるんですよ。
長嶋　そうですか。
五木　それで説明することもあります。ちょっとした字のレイアウトや、行の変え方だけでもね、三時間くらい話すことがあるんです。
長嶋　はあ〜。
五木　納得してもらわないと、自分が納得いかないんですね。相手にわかってもらわないと。

長嶋　なるほど。

五木　だからなかなか、長嶋さんのようになれない。長嶋さんだったら、びっくりするようなことを言っても、まわりの人間は、「いや、きっと長嶋さんだから勘がはたらいているんだろう。それじゃあそうしろ」と、こうなるんでしょうけど（笑）。

長嶋　アッハッハッハ（爆笑）。

五木　いや実に素晴らしいですよ。

「他力《たりき》」とスポーツマン

五木　今日は、ある先輩作家に「長嶋監督と対談するんです」と言ったら、「えーッ」って言われてね、「ニッポンいち明るい人とニッポンいち暗い人が顔合わせるんだな」って言ってました。

長嶋　いやいや（笑）。

五木　そう言われてみれば、世間はそう考えるだろうなと思うんです。確かに僕の書くものは、決して明るくないですから。長嶋さんとくらべたら、向日葵《ひまわり》と月見草という感じじゃないでしょうか（笑）。

長嶋　いやいや、そんなことはないと思いますがね。

五木　私は石原慎太郎さんと、生年月日が一緒なんですよ。昭和七年九月三〇日。ご丁寧にも生まれた時間まで一緒なんですね。

長嶋　そうなんですか！

五木　で、私はしょっちゅう、「彼が向日葵なら、僕が月見草だ」って言ってたんですよ。まあいずれにしても、今度もまた、どちらかというと深刻で重い本を、あえてこういう時代に出しまして。長嶋さんはどんなときに本を読まれますか？

長嶋　いつもロードに出るときは本を持っていって、寝る前に読んだりしてますね。ですから五木さんが、二、三年前に出された『大河の一滴』ですか、あれもロードの最中に読ませていただきましてね、大変感動いたしました。

五木　あ、読んでいただけましたか。それは本当に光栄です。

長嶋　あの本を読むと、我々日本人が忘れていた信仰のすごさ、よさというものが思い出されて、何かまた、あらためて足元を見直さないといけないなという気持ちになりました。

五木　やっぱりものを書いた人間としては、書いた意図がいちばんストレートに伝わるというのは、非常にうれしいです。

長嶋　ああそうですか。

五木　世界大会の鉄棒競技で、具志堅選手が一〇点満点とった後に、息を弾ませて「もう信じられない」と言っていた。「今日は自分の力以上の演技ができた。もう神か仏かそういうものが後押ししてくれたとしか思えない」というふうに言ってましたね。ですからそういう、目に見えない大きな力が、自分を押してくれて、実力以上のことができた、私の書いたものから、そういうことを感じてくださって、非常にうれしいです。

長嶋　感動しましてね、その感動がまださめないうちに、またすぐ第二弾として『他力』を出版されたでしょう。

五木　「他力」は私の信条ですが、でもスポーツマンは自力じゃないですか。

長嶋　いえいえ、これはなかなか軽視できなくて。キャッチボールだってひとりじゃできないですから。

五木　なるほど。

長嶋　で、投げたらまた必ず返してもらう。つまり人生はある程度キャッチボールという意味合いがありますから。

五木　なるほど、それはわかりやすい「他力」の説明だな（笑）。よくサッカーの監督が、「よきサポーターの力で」って言いますよね。あれも他力かな、考えてみると。

長嶋　そうですね。個人のスポーツじゃないですから、やっぱりどうしても他力の部分が必要になるんですよね。

五木　でもスポーツマンがそういうことをおっしゃることは、非常に多いんです。

長嶋　ああ、そうですか。

五木　このあいだノーヒットノーランがありましたけど、ああいうことも自分だけじゃやれませんよね。

長嶋　うーん、そうですねえ。

五木　よく外国の選手が、試合の終わった後に振り返って、同じようなことを言いますね。「俺がやった」っていばるのもいいけど、一瞬でもそういう場面に出くわすと、非常に感動するんです。でも、長嶋さんがこういうふうによく本をお読みになるというのは、世間の人たちはどっちかっていうと、そうは思ってないんじゃないですか（笑）。

長嶋　どうでしょう、そうかもしれませんですね。

五木　昔、カシアス・クレイ（モハメド・アリ）と対談をしたときに、非常に読書家なんでびっくりしてたら、「ボクサーが本読んだらおかしいですか？」って聞かれました。いや、もうこっちが「失礼しました」って感じでした。「私はボクサーだけど、旅にはいつも何冊かの本を持っていく」と言うんです。みんな先入観を持っているから、そういう面は全然伝わってこないんですけど。

『運命の足音』について

長嶋　ところでですね、最近『運命の足音』という本をお書きになりましたが、こういった本をお書きになろうと思った動機をですね、おうかがいしたいんですが。

五木　例えば野球の選手でも、一生に一度は到達したい記録っていうものがありますよね。それと同じようなことでね、ものを書いている人間にも、「小説家として立っている以上、このことはどうしても書かなければ」というものがあるんですね。

長嶋　はい。

五木　書きたいという気持ちと、これは書けないという気持ち。でもこれを書かなければ作家としての意味がないではないかという自問自答。ただ、自分の家族、肉親、親戚縁者、その他もろもろの方に関係のあることですから、どうしても思い切って書くことができない。

長嶋　はい。

五木　母親に愛されて、自分も母親を愛して、幸せな家庭を築きましたっていう話だったら楽なんですけれども、戦争というやっかいなものが入ってきて、そのなかで様々なことがあったんです。
戦争の悲劇を語ることはできる。できやすいんです。「こういう目にあいました、こういう辛《つら》い目にあいました、できるだけ平和にしましょう」っていうことは語りやすいんです。でも、そのなかで起こる人間ドラマっていうのがありますよね。タイタニックじゃないけど、ボートがあって、あと一人しか乗れない。それ以上乗ると転覆してみんな死んでしまう、そんなときに、「お先にどうぞ」と言うような人は生存できませんよね。

長嶋　ええ。

五木　やっぱりそういうときに、生き残るのは、人を押し退《の》けてボートに乗った人間だったという現実があるんです。自分は外地で敗戦を迎えて引き揚げてきましたが、最初は八〇人くらいだったのが、最後、帰ってくるときには三〇人くらいになってしまったわけです。自分はやっぱり人を押し退けて生き残った人間じゃないかっていう、後ろめたい思いがずっとあるんですね。死者を踏み台にして、壁を超えたんじゃないかという。

長嶋　ええ。

五木　こういうことはね、じつは今の時代に合わない話じゃないかと思うんです。本を読んでかえって気持ちが暗くなるんじゃ、お金払った人に返さなきゃいけないですから（笑）。ただ僕は、いろいろ考えたんですが、このあいだ眠れないっていう話をしたら、ある人が

「僕はそんなもんじゃない。もっとすごいよ」っていろんな話をしてくれたんです。それでものすごい気が楽になったんですよ。「ああ、俺よりずいぶんひどい人がいるな」と思ってね（笑）。

長嶋　はいはい（笑）。

五木　そのことを考えますと、今、リストラもあればいろんな問題もある。親子問題もあれば、時代の荒廃ということもある。そういうなかで、なんていう時代にめぐり合ってしまったんだろうと呪《のろ》ってる人もいるかもしれない。だけど、そこで本当に過酷な運命を背負わされた人間が、自分の姿を見せて、そのことを語れば、「いやあ、これにくらべると自分はまだラクじゃないか」っていうふうに感じて、少しは気持ちがラクになるんじゃないかっていう気がするんですよ。

長嶋　ええ。

五木　ですから、「私はこんなにバカです」って見せることで、やっぱりオレのほうがまだ利口だなと思ってもらえればいいわけなんです（笑）。そういうふうに決めて、思い切って書くことにしたんですが、すでに亡くなってしまった人のことを書かなくてはいけない。その人間が許してくれるかどうかっていうのがいちばんの問題でした。

長嶋　ええ。

五木　実際には母親なんですけども、「このことはもう書いていいんじゃないの。気にしなくてもいいわよ」っていうような声が、聞こえたような気がしたんです。作家になって三七、八年、その出来事があってからは五七年経《た》ちますけれど、一度も書いたことがなかった。でも、死ぬ前にはどうしても書いてしまわないと、作家になった意味がないという思いがありましてね。それとこの歳《とし》になって近親者もたくさん亡くなりました。そのことで傷つく人も少なくなった。これは運命としか言いようがなく、ついにそのときがきた、そんな感じで本にしたのです。

長嶋　そうですか。

五木　まあ、題名からしてちょっと気が重いでしょうけれども（笑）。ぜひこういう人生もあるんだと知ってほしい。それと、戦争が終わって平和な時代がきたと考えがちなんですけれども、戦争が終わった瞬間から始まる地獄っていうのがあるんですね。パレスチナなんかはこれから大きな問題が出てくるはずです。そのことをやっぱりぜひ訴えておきたかった、という気持ちがあります。まあそんなこんなで、八月のお盆の時期にこの本が出るのは、自分にとっては運命的な感じがしまして。

長嶋　そうですか。

五木　まあ鎮魂というか、母だけではなくて、たくさんの方々にね、ご苦労様でしたと言いたいという。そういう殊勝な気持ちから書いたことなんですが。

戦後五七年間、病院にはほとんど行ったことがない

長嶋 五木さんは、いろいろ日本各地をおたずねになって歩いていらっしゃいますが。

五木 もう、フーテンの寅さんです（笑）。

長嶋 日本全国くまなくね。北は北海道から、南は沖縄に至るまで。

五木 ええ、週に四日くらいは。

長嶋 全部自分の足で取材されるんですよね。

五木 はい。カバンひとつさげて、フラフラ歩いてますけれども（笑）。

長嶋 そうですか。

五木 まあ、取材もありますが、旅が好きだっていうこともあります。これが健康法のひとつでもありました。

長嶋 それが健康法なんですか。

五木 私は、戦後五七年間、ほとんど病院に行ってないんですよ。

長嶋 ええ、すごいですねえ。病気知らずですか。

五木　検査もしないんです。よく医者嫌いってあるでしょ。でも、ぼくは違う。病院嫌い、医者嫌いではないんです。うちの家内も医者ですし、非常に医学には関心があるんです。親戚に医者も多いですしね、尊敬してるんですよ。

長嶋　では、またどうして。

五木　できるだけ、そういうところのお世話にならないように、自己管理はきちんとやっていこうと。ということで、けっこう涙ぐましい自己管理をしているんです。

長嶋　アハハハハ（笑）。

五木　そういうことをやりつつ、かろうじて今日まで注射もうたず、レントゲンも受けずにやってこられて、幸運だと感謝しています。

長嶋　そうですか。

五木　レントゲンは大学に入るときに一回撮ったっきりですから。

長嶋　一回ですか（笑）。今の時代に検査もされないというのは、大変珍しいですねえ。

五木　でも、我々の仕事というのは体にいい仕事じゃないんですよ。プロ野球のどんな強打者でも、七二時間ぶっ通しで、机の前に座って原稿書くなんてことはちょっとできにくいでしょ。

長嶋　それは無理ですね。

五木　我々の仕事はそういうタフさが要求されるわけです。ですから、まあ体をいじめるといいますか、そういう暮らしをしているわけです。旅も歩いて、駅の階段を上り下りして、電車乗り換えて、人の前で一時間くらいしゃべるというと、嫌でも腹式呼吸になっちゃいますしね。もう立派な健康法です（笑）。

神と仏を敬う心

長嶋　五木さんは、千所千泊を目標にしてらっしゃるとうかがいましたが。
五木　はい。そういうなかで、最近特に考えるのは、日本人というのは面白い民族だなということなんです。例えば、我々は隠れキリシタンっていうのは知ってるけど、隠れ念仏なんて全然知らなかったじゃないかとかね。知ってるつもりでも、実は何も知らなかったことってあるんですね。その結果、非常に日本の将来に楽観的になったんです。
長嶋　それはどういった理由でですか。
五木　一部のジャーナリズムが気がついていないだけで、実は草の根のところには、日本人の素晴らしいところがいっぱいあるじゃないかと。これは二一世紀はひょっとしたら日本の時代になるんじゃないかというような、とんでもない希望を最近持ち始めているんですよ。日本には資源はありません。技術立国と言うけどもね、もうアジアの諸国は追いついてきてます。そうするとそういうなかで大事なものはね、精神的な文化なんです。日本には、そういう文化がしっかりとある。

長嶋　確かに、今世界中で起こってる悲劇というのは、精神的な文化のすれ違いが原因のような気がしますね。民族と宗教の対立とか。

五木　そうなんです。宗教は共存することがいちばん大事なんです。日本の家庭にはね、神も仏もいますよね。神棚と仏壇と両方あったりするところが多いんです。

長嶋　そうですね（笑）。

五木　長嶋さんも神社にも行かれるし、お寺にも行かれるでしょ（笑）。

長嶋　ええ、もう僕は、神仏にいつも敬意を持ってますね。

五木　ですから、イスラム教もユダヤ教も、キリスト教も仲よくやっていくっていうことがいちばん大事なんですよ。そういうふうに考えますとね、ヨーロッパの一神教みたいに、「我が神尊し」ではなくてね、まあ仏さんも行くし、神さんも行くし、七五三もやればお花祭りもやるみたいな、そういう日本人の曖昧《あいまい》さ、いい加減さと言われてきたことは、実は二一世紀の世界に向けて発信する、大事な精神的文化なんだと、そういうふうに思ってきたんです。

長嶋　なるほど、確かにそうかもしれませんね。

五木　もうひとつは、今、環境問題が非常に大きな問題になってきてますよね。西洋の環境問題というのは、人間がいちばん偉いという考え方から出発してるんです。人間社会をこれ以上貧しくしないために、海にやさしく木を切らず山を大事にして、動物をめちゃくちゃに殺すなと言っているわけです。そういうことをやってると、肝心の人間の生活そのものが危うくなってくるからだと考えてるんですが、それは間違いなんです。そうじゃなくて、犬にも牛にも羊にもチンパンジーにもゴキブリにも、みんな同じ遺伝子と生命があるんだと考える。山にも木にも川にも生命があるんだと。これが日本の考え方なんです。アニミズムと言います。

長嶋　ええ。

五木　こっちのほうがね、環境問題には正しいんです。全部生命あるものだから共存しようと。

長嶋　二一世紀のテーマは共存ですものね。

五木　そうです。そのなかで、さっき言った「神も、仏も」という考え方。宗教的な柔らかさと、もうひとつは自然に対するアニミズムが、日本人にはあるんです。このふたつが、二一世紀に向けて発信すべき日本の大資源だと思います。

長嶋　自然を大事にして、保護しようっていう気持ちはありますけれども、今おっしゃったことが、文化として日本列島に根づいてるのかどうかという疑問もあると思うんですが。

五木　それがですね、実はすごくたくさんあるんですよ。例えば、お祭りとか、音楽とか、相撲とか、芸能とかってあれは全部神事なんですよね。

長嶋　なるほど、なるほど。

五木　地方に行って、こんなに仏壇がある家が多かったのかとびっくりします。このことを考えると、都会の人や、中央のジャーナリズムが気がついてないだけで、日本人の持っている精神的な資産というものはすごいものだと思うのです。これを、二一世紀の日本人自らが気がついて世界に向けて発信していくと、これはもうコンピュータよりもっと大きな価値のある文化だと思いますね。

長嶋　そうですね、こうしてお話を聞いていますと、我々はまだ自分たちの持っているものの素晴らしさに気づいていないような気がしてきますね。

五木　外国の人たちに対して、猫背になって後ろめたい思いでものを言わなくていいんです。一年に一回でもお盆にお墓参りする人は、外国人に聞かれたら「私はブッディストです」って胸を張って言えばいいんですよ、堂々と（笑）。すると、一人前扱いしてくれますから。

長嶋　なるほど。『大河の一滴』や『他力』を読んでも感動いたしましたが、本日、こうして大変興味深いお話を聞かせていただいて、とても勉強になりました。どうもありがとうございました。

五木　こちらこそ、ありがとうございました。

五木寛之傑作対談集　1990年

ぼくはル・カレが好き

五木寛之×

ミック・ジャガー

Mick Jagger

（ザ・ローリング・ストーンズ）

ミック・ジャガー（Mick Jagger）

1943年7月26日、イギリス・ケント州ダートフォード生まれ。ザ・ローリング・ストーンズのボーカル。ロック・ミュージシャン、俳優、作詞・作曲家。本名、サー・マイケル・フィリップ・ジャガー。ロンドン・スクール・オブ・エコノミクス卒業。幼少期より顔見知りであったキース・リチャーズとともに、ブライアン・ジョーンズを誘い、ザ・ローリング・ストーンズを結成。ベースにビル・ワイマン、ドラムにチャーリー・ワッツを加えて、1963年6月にシングル「カム・オン」でデビューした。その後はメンバーの脱退・加入はあるものの、一度も解散することなく2023年デビュー60周年を迎えた。主なヒット曲に「サティスファクション」「ブラウン・シュガー」「悪魔を憐れむ歌」「黒くぬれ！」「ジャンピン・ジャック・フラッシュ」がある。バンド活動のほかにソロ活動や映画出演もしている。

写真（前頁）は有賀幹夫撮影、1990年

ワルシャワでのコンサート

五木　一九六七年にポーランドのワルシャワに行かれてますね。

ミック　一九六六年、だと思うけど。

五木　資料では六七年となってますが、これはプライベートな旅行なんですか？

ミック　いや、コンサートのために行ったんだよ。

五木　へえ。ポーランドでコンサートをね。会場はどこで？

ミック　Palace of Culture.

五木　スターリン様式で有名な例の文化宮殿ですね。プロモーターは文化省ですか。

ミック　たぶん当時の政府か、共産党か、どちらかだったんじゃないのかな。

五木　ポーランドの通貨じゃビジネスにならないと思うけど。

ミック　（笑って）ギャラはなかったんだ。簡単な話さ。

五木　ちょうど一九六八年のワルシャワ条約軍チェコ侵入のすこし前ですね。当時は東欧の自由化、いわゆる〝雪どけ〟現象が最高潮に達してた時期だったから、そんなコンサートも可能だったんでしょう。ソ連軍の戦車がプラハに突入する前までは、チェコにもポーランドにも、ジャズ・バンドやロック・バンドが続々と誕生しつつあったんです。

ミック そうだね。六〇年代後半に一時期そういう状況が生まれたわけだけど、今年はまたその動きが再び東の諸国に湧きおこるんじゃないのかな。

五木 そのワルシャワでのコンサートというのは、どんな様子でした？

ミック うん。さっき言ったように公演は文化宮殿で行われたんだ。これが冴《さ》えない建物で（苦笑）。

五木 当時、こんな笑話が流行っていたんです。ワルシャワで一番快適な場所はどこか？それは文化宮殿の中である、なぜなら窓から文化宮殿の醜い建物が見えない唯一の場所だから——と（笑）。あれはソ連政府が強制的にポーランドにプレゼントした建物なんです。

ミック ああ。その周囲の建物は、まるで終戦直後といった雰囲気だったよ。そして会場の前のほうの良い席は、共産党のお偉方でずらりと占められていて、本当の僕らのファンはずっとうしろのほうにいたんだ。演奏がはじまると党員の連中はこうさ（耳を手でふさぐ真似）。そして銃を構えて立っている兵士たちも多かったから、その銃の銃口に花をさしてやったよ。今にして思えば、いかにも六〇年代風のアプローチだけど（笑）。

五木 フラワー・チルドレン。

ミック （笑）そう。そしてコンサートの終わったあと、若いコミュニストたちと会食をして、政治的な論議に花が咲いたんだ。そのときの僕の格好ときたら、ヴェルヴェットの服にレースづくし……すこぶるロマンティックでかつデカダントだった（笑）。しかし、彼らはとても知的で、ドグマティックすぎず、とてもいい連中だったね。そのとき同席した中《うち》の何人かは、いま〝連帯〟の有力なメンバーらしいけど。

五木　ローリング・ストーンズの活動は一九六二年ごろから始まったんでしょう？

ミック　そんなもんだね。六二〜六三年ごろかな。

五木　ベルリンの壁ができたのが一九六一年。そして崩れたのが八九年ですから、つまり二八年間のベルリンの壁と、二八年目のストーンズの歩みが、ほぼ重なることになりますね。

ミック　ああ、本当だ。しかし中国の万里の長城の壁は、ベルリンの壁よりはるかに長生きしてるよね（皮肉っぽく笑う）。

五木　プラトンは「音楽は危険である」と言っています。

ミック　それは、なぜ？

五木　つまり「音楽というものは知らず知らずのうちに聞く人の感受性を変えていって、ついにはその属する国家の体制や法律、世の中の仕組みなどにまで違和感をもたせるようになるからだ」と。東欧やソ連の急激な変化の根には、人権や政治体制の問題などいろいろあるわけですが、大事なことは〝雪どけ〟の六〇年代にストーンズやビートルズやジャズに熱中した若い世代が、旧体制の枠の中でもずっとローリングする感覚を心の奥に抱きつづけていて、それが今や社会の中核世代となった彼らの今回の動きにつながっていると思うのです。

ミック　その通りだ。チェコの新しいリーダーのハヴェル氏は、昔からローリング・ストーンズの大ファンで、こんど僕たちをチェコへ招こうとしている。まさに君の言う通りだと思う。

五木　ハヴェル氏というと劇作家だった人ですよね。

ミック　ああ、半年前までは刑務所にいたわけだけど、今や自由チェコの大統領だ（苦笑）。たしかに彼らは、君の言う通り、実にパワフルな世代だよね。年寄りたちはどんどん死んでいってるし。中国にはまだ年寄り連中が残ってるけど、彼らが死んだら、中国にも変化がおこると思うかい？　どう？

五木　そうですね。

ミック　わからないかな？

五木　ええ。簡単には言いきれません。今の時代は予測がつかないのです。

ミック　ああ、まったくだよね。でも、僕は中国にもなんらかの変化があるのではないかと思ってる。あの天安門広場の事件は、〝プラハの春〟と非常に似ていたんじゃないのかい?

ソビエトとアート

五木　ソビエトに行く計画は?

ミック　八月にコンサートをやるんだ、ソ連で。ほかにも、ポーランド、チェコでもやるかもしれない。

五木　レニングラードにもいくんですか?

ミック　いや、モスクワだけだと思うけど。じつは四月に東欧とソ連を訪れる予定だったんだよ。コンサートをやる前に自分で下見をしておきたくってね。

五木　昨年、モーリス・ベジャールが東京公演のとき「レニングラードの思い出」というステージをやったんです。はじめてレニングラードを訪れて、非常にインスパイアされたらしく、とても熱気の伝わってくる舞台でした。彼はモスクワよりも、レニングラードに感激したんです。

ミック　彼はフランス人だったよね。

五木　ええ。アフリカのセネガルの血が混じっていますが。

ミック　こんど日本にくる直前、ストラビンスキーのバレエ『火の鳥』を見たんだ。舞台セットの絵と衣装は、すべてシャガールだったよ。

五木　ソ連は革命後、芸術的に不毛だといわれていますが、一時期、世界でももっとも新しいアバンギャルドが花開いた時期があります。一九二〇年代の〝構成主義〟などは今も新しさを感じさせます。こんどの新しいアルバム『スティール・ホイールズ』のジャケットや、コンサートの工場のセットなど、まさに二〇年代の構成主義と共通の感覚のように思えますが。

ミック　まさにその通り。ステージのセットもその一つだ。いわば二〇年代ロシア構成主義の今日的展開と言っていいんじゃないのかな。ソ連や東欧からは、今後あたらしい芸術がどんどん生まれてくるべきだと思うね。

五木　ソ連のアートといえば、昨年、パリで革命二百年祭の大パレードがありましたね。

ミック　ああ。

五木　あのときの出しものの中で、ぼくが一番おもしろいと思ったのは、ソ連チームのパレードでした。巨大な鋼鉄の機関車を走らせたり、二〇年代のアートを非常に今日的にアレンジして……。

ミック （両手をあげて）そのパレードのコンセプトを手がけたのは、僕の友人だよ。
五木 へえ。
ミック ジャン＝ポール・グードというんだ。僕の仲間さ。
五木 そうですか。それは知りませんでした。あのSLの鋼鉄の動輪こそ『スティール・ホイールズ』ですね。
ミック やはりロシア人のディアギレフの自伝を読んだんだが、これが非常に面白くてね。
五木 バレエを綜合芸術の舞台につくりあげた人物ですね。
ミック ああ。ちょうど去年のクリスマスのころの話だが、じつは『スティール・ホイールズ』のツアーをヨーロッパでやりたかったんだが、なにせ金がかかり過ぎる。で、どうやって安く実現しようかと悩んでいたところだったのさ。そういう折りにディアギレフの本を読んでいたら、彼は「二度と同じバレエは踊らない」と書いているんだ。一度踊ったら、それで終わり！　とね。彼は正しいと思ったよ。それで、ヨーロッパのツアーは、まったく新しいショーにすることに決めたんだ。だから今回のステージ・セットは日本が最後。このあとは捨てることにする（笑）。
五木 こんど見たビデオの中で、若いころのあなたたちのアイドルだったマディ・ウォーターズと一緒に小さなクラブでうたってるシーンがあって、ぼくはあの場面がとても好きでしたね。

ミック 僕もあれは気に入ってるんだ。

五木 ミュージシャンとして若い頃に好きだった人と共演できるのは幸せでしょう。

ミック もちろん嬉しかったさ。でも、実際には難しい部分もあったんだよ、フフフ。

五木 あなたがたがロックの殿堂入りしたときのアメリカでのスピーチは愉快でした。ほら、ジャン・コクトーの言葉を引用して、「アメリカ人は変わってる。最初に仰天して、それから博物館に入れる」と皮肉たっぷりにからかったときのスピーチです。あのときのアメリカ人の客たちの反応はどうでした?

ミック ああ、あのコクトーの文句ね。一応、連中も笑ってたみたいだったけど、実際にはジャン・コクトーが何者だか、知ってる奴はいなかったんじゃないのかな(笑)。そもそもアメリカ人というのは、他人から自分たちがどう見られているのかを、日本人やイギリス人のように、あまり過敏に考えたりしない国民なのかもね。

五木 日本人だとコクトーの説と逆になるのかな。まず大事に博物館に入れて、そのあとで感心しようとする——。

ミック ハハハハ、それは作曲家に関しての話?

五木 いや、一般的にまず権威からとり入れて、楽しみはその後という傾向があるんです。

しかし、ジャズや、ロックに関してはそうじゃなかった。

ミック なるほど。ひとつたずねてもいいかい？　たとえば、デューク・エリントンのような音楽は、やはりクラシックと区別されて受け入れられたんだろうか？

五木 今でもジャズをやらせないホールはありますよ。

ミック いや、五〇年代ごろの日本にデューク・エリントンや、オスカー・ピーターソンや、カウント・ベイシーなどがはいってきたときの話さ。やはりクラシックと同じ聞かれ方をしてたんだろうか？

五木 それはちがってたと思いますよ。

ミック そいつは良かった（笑）。

五木 ぼくがソ連へはじめて行った六〇年代半ばでも、やはりジャズやロックは危険視されていました。ジャズに夢中になってドロップアウトしてゆく少年の話を小説に書いたのですが、その主人公の愛称がミーシャ。いまのゴルバチョフ氏もミーシャと呼ばれてたんです。

最近読んだ本について

ミック ふーん。そいつは面白そうだね。僕はジョン・ル・カレの"The Russian House"(『ロシア・ハウス』)を読んだけど、その主人公はサックス奏者だった。僕は結構、ル・カレが好きなんだ。まあ特に好きな作家、って言えるほどじゃないけど。

五木 活字はお好きなようですね。

ミック まあね(苦笑)。いまはゴルパダールの『ハリウッド』という本を読んでる。アメリカの歴史をあつかった小説の中の一冊なんだが、君は読んだかい?

五木 いいえ、読んでいません。

ミック ほかのやつもシリーズなんだ。"Bar"とかね。出版されたのは、たしか一〇年ほど前だよ。市民運動がテーマになっていたり。とてもよく出来ている。面白おかしく書かれていてね。

五木 ほかには?

ミック うーん、オデッサについて書かれたおもしろい本を読んだな。ユダヤ教のマフィアの話さ(笑)。革命直前の話だ。著者はだれだったかなあ。忘れてしまったけど、実に興味ぶかい本なんだ。

五木　ところで、こんどの東京公演は五〇万人以上の観客を集めるわけですが、ロック・ミュージックにおけるビジネスとアートのギャップを、どんなふうにコントロールしていくんですか？

ミック　アートとしてのロックなんてあるのかなあ？　いずれにせよ、もしプロダクションにそれほど金をかけなければ、もっとこっちも金が稼げるんだろうけど。ツアーってのは実に大きなリスクをかかえてるものなのさ。こんどだってニューヨークから横浜までステージ・セットを送ったんだ――まだ自分たちのビザが降りるかどうかさえわからないうちにだよ（苦笑）。なにしろバカでかい機材だろ。しかし、プロダクションに金をかけることは、最終的には価値のあることだと思うね。ショーを見た人は、それをいつまでも憶えているだろうから。しかし困るのは、一度でかい金をかけると、次はもっとすごいものを、と期待されてしまうことなんだ。次々にそうやって金はかかる一方さ。ところで、君は僕らのコンサートには必ずきてくれるよね。

五木　ええ。一四日と二七日に。

ミック　じゃあ、その両方とも良いショーにするよう頑張るよ。ほかの日は忘れていい！（笑）

五木　今回、プライベートな時間は？

ミック　ほんのすこしだけ。〝ゴールド〟というディスコに行ったよ。知ってる？

五木　いいえ。

ミック　最新のディスコでね。最上階は日本の古い家屋風で、なかなかきれいだった。

五木　以前、フランソワーズ・サガンとインタビューしたとき、「東京にディスコはあるのか？」ときかれたんで、「もちろん」と答えたら、「今すぐ行ってインタビューはそこでやりましょう！」って立ちあがったんでプロモーターがびっくりして……。

ミック　（爆笑）そいつはおかしい！

五木寛之傑作対談集　1990年

男と女のあいだには

五木寛之×キース・リチャーズ

Keith Richards

（ザ・ローリング・ストーンズ）

キース・リチャーズ（Keith Richards）

1943年12月18日、イギリス・ケント州ダートフォード生まれ。ザ・ローリング・ストーンズのギタリスト。ロック・ミュージシャン、作詞・作曲家。労働者階級の家庭に生まれる。ジャガー／リチャーズ名義で数多くの楽曲を制作し、ヒットさせている。ブライアン・ジョーンズ脱退後は、ミックと並びリーダー格としてザ・ローリング・ストーンズを牽引し続けている。キースのギタースタイルはストーンズ・サウンドの核となっている。ザ・ローリング・ストーンズについて詳しくはミック・ジャガーの略歴参照。

写真（前頁）は有賀幹夫撮影、1990年

『君が代』とローリング・ストーンズ

五木 マイク・タイソンの試合、見にいったそうですね。

キース イエス。

五木 試合前に日本の国歌を、クラシックの歌手がうたったのを聞きましたか。

キース うーん、なんだかよくわからなかったけどね。

五木 『君が代』っていうタイトルです。

キース どうも国歌ってのは好きになれないんだよ。どこの国のにしてもね。だって退屈だろう? どれもおきまりの文句で——。まあ、ああいう場で国歌をうたう理由はわからんでもないし、一応は立ちあがって敬意は表するけど、俺のほうがもっとましな曲を書けるんじゃないかな(笑)。

五木 でもあの国歌の歌詞の中には、Rolling Stone と Rock という言葉が両方ともはいっているんですよ。

キース へえ。ほんとかね。

五木 小さな石ころがロックになり、コケが生えるまで皇室の歴史が続くように、と。ローリング・ストーンズとは正反対のコンセプトですが（笑）。
キース　ハハハ。こっちはもうすでにかなりコケだらけさ。
五木　ところでインタビューされるというのはどうですか。ヘミングウェイみたいに大嫌いだった人もいますが。
キース　ああ、彼はそうだったってね。だいたいインタビューという発想自体が、難しいことなんじゃないのかな。しかし、もし話をして面白い相手となら、それはインタビューじゃなくて、人間同士の会話になる。そうだろう？　そこが面白いところだと思うけど。
五木　じゃあ、これまでやったインタビューの中で、人間同士の会話として記憶に残るインタビューはありましたか。
キース　うーん。ないね（笑）。おぼえているのは最悪だったものばかりだな（笑）。まあ、たぶん俺自身の受け止めかた、つまりインタビューのされかたの問題なんだろうけど、俺にとって、インタビューされるということは、本当はしんどいことなんだよ。もちろん、相手がどんな人間かにもよるんだけど——。
五木　『トーク・イズ・チープ』というタイトルが気になっていたんですが。あれはどういう意味ですか。
キース　うーん。俺はだいたい曖昧《あいまい》なタイトルやフレーズが好きなんだ。だから、後は聞くほうの人たちの解釈にまかせたいな。

五木　曖昧さの中に意味があるわけですね。

キース　そう。何百万という意味がふくまれているのさ。それをむしろ曖昧なままにしておくのが好きなんだ。音楽も、文学も、詩も、優れた作品はリスナーや読者によって解釈されるべきものだろ？　作った側が押しつけるものじゃないと思う。

五木　最近の思想では論理的な正確さよりも、むしろ曖昧さを積極的に追求する考え方が出てきているようですね。

キース　だって、人生そのものが曖昧なんだから。曖昧さというのは大事だと思うね。俺に言わせれば、それはむしろ〝ヒューマン・タッチ〟と呼ぶべきだと思う。

五木　それはいい。ファジー、というより、ヒューマン・タッチのほうが核心をついていると思いますね。ところで、昨日『Rolling 63–89』のビデオを見たんですが、少年時代のあなたが非常に印象的でした。

キース　耳が大きかっただろ！（笑）

五木　そのころアート・スクールで将来は何をやろうと思ってたんですか？

キース　自分で自由に選べるような状態じゃなかったんだ。でも幸運にもホビーでやってた音楽が仕事になった。音楽はいまだにホビーだけど。それで電車の運転手になるという夢はあきらめたのさ（笑）。ほんとのことを言うと、アート・スクール時代は、ひょっとすると将来いきつく先は広告代理店あたりかな、と思ってたんだ。たいていの人間がそっちの方向へ進むからね。でも、俺にはそんな才能はないとわかってたし、何よりも好きなのは音楽だった。しかし、好きだからといって、自分がそんなに優れたミュージシャンだとは思えなかった。いまだってそうだけど。

ブルースは人の心に触れる

五木　あなたが子供だった頃、ぼくは大学生で、渋谷の〝スウィング〟というジャズ喫茶に毎日かよっていました。ぼくはモダン・ジャズより少し古いジャズ、それもヨーロッパのジャズメンが演奏するトラディショナルが好きで、そこでしょっちゅう聞いていたのがクリス・バーバーのバンドだったのです。

キース　クリス・バーバー！　ああ、よくおぼえてるとも。もちろん！

五木　そのバンドでやってたロニー・ドネガンとか、モンティ・サンシャインとか……。

キース　モンティ・サンシャイン！　『プティ・フルール』、だろ？

五木　ええ。でも主に南部の黒人の音楽を……。

キース　そうさ！　だろ⁉（はしゃいだ様子）　俺自身、そういうジャズを聞いて育ったんだぜ。

五木　それはつまりブルースといってもいいですね。ローリング・ストーンズが、そういうブルースから受けつぎ、そして現在も保ちつづけているもの、それは一体、何なのでしょう。

キース　ブルースってのは、つまり、俺にとって世界でもっともパワフルな音楽の体系なんだ。俺は音楽をアダムとイヴの時代からの流れとしてとらえている。過去の数百年のあいだに人間はその音楽を録音する手段と、それを聞き返すすべを知った。そしてブルースは人の心にもっとも深く触れる。人の心をかきたてる音楽だ。ジャズもそうだ。人間をふるいたたせ、人の心に触れる。この何百年かのあいだに、われわれは優れたものをくり返し聞き返すことができるようになった。そのおかげで、ブルースは人間にとってよりいっそう重要な音楽となったんじゃないか。だから何がどうなろうとブルースの息の根を止めることなんて絶対できないと俺は思う。

五木　しかし〝スティール・ホイールズ・ツアー〟の初日のフィラデルフィアのコンサートを見た日本人のレポーターの記事によると、黒人の聴衆の数がほとんどといってもいいほど少ししか見られなかったというのですが、それはなぜなんでしょうか。

キース　（しばらく沈黙）

五木　音楽そのものの……。

キース　（質問をさえぎって）アメリカの黒人の大部分は、チケット代が払えないのだと思う。

五木　なるほど。

キース　だろ？　悲しいことだよ。でも、俺たちは大きな会場でやることを余儀なくされている。そして、そのためには巨大な金をかけた舞台セットが必要となり、チケット代はあまりにも高くなってゆく。悲しい話だ。もし、それを変える手段があるのなら、ぜひそうしたい。だが、いまの時点では、どうしてもその手段を見つけることができないんだ。

五木　いまのローリング・ストーンズのステージは、大がかりで高価な方向へむかっていますが、ビジネスと音楽の関係をどう考えますか。たとえばあるフランスの詩人は、「千人の人に一回だけ読まれる詩よりも、一人の人に千回読まれるような詩を書きたい」と言っています。あなただったらどっちを……。

キース　俺はその詩人の考えに同感するよ。

五木　それは意外な気がしますね。

キース　（言葉を選びながら）つまり、俺は自分がミュージシャンだなんて考えちゃいないんだ。まだ学ぶべきことは沢山ある。でも、自分のやることが、もし少しでも人々に幸せをもたらすことができたなら……と、ただ、それだけなんだよ。音楽は人間にとって大切なものだ。それは疑いない。こうしてあんたと話をしているのも、それだからこそだろう? たしかに俺は巨大なビジネスのお慈悲を受けてきたさ。他の多くの人間たちと同様にね。現にこうして日本にくるには、巨大な規模でくるしかなかったんだ。しかし、もしほかに方法があって自由にくることができたら、俺は一人ででもバーや街頭で演奏をしただろうよ。つまり、やらねばならないことと、やれる可能性のあることとの両者の間に接点を見つけるということは、じつに難しいことなのさ。ま、今世紀末までにはどうにか解決したいと思うけどね(笑)。

ロックの成熟と〝男らしさ〟

五木 ソビエトでもロックを愛する人たちが非常に沢山います。オデッサでは毎年、ロック・コンサートも行われていますが、東の人々がストーンズを聞くチャンスは?

キース ああ。今年中にぜひモスクワでプレイしたいと思ってる。ちょっとおくれたヨシュア……ジェリコの壁といったところさ。つまりヨシュアはトランペットとドラムを奏でながら、ジェリコの壁の周りを歩きまわった。だが、それが壁がこわされた原因ではない。

真の原因は、壁の内側にいた人たちが、〝やあ、すてきな音楽がきこえるぞ〟と耳をすまし、扉をあけて彼らを中に迎え入れたことなんだ。去年、今年、東ヨーロッパでおこったこと、ベルリンの壁の崩壊という事件も、すべてそれと同じことさ。壁の内側の人間たちがおこしたことなんだ。外側からの力じゃないよ。

五木 ソ連には若くして死んだアレクサンドル・ヴィソツキーという人がいました。ギターひとつで歌うんですが、彼のフィーリングはロックそのものでしたよ。

キース (空に投げキスをしながら) 彼の魂に幸いあれ。ソ連に行ったときには、ぜひ彼の墓を訪ねることにするよ。

五木 ロックの成熟ということが言われていますね。反抗というテーマからどう新しいテーマを見出すのか……。

キース 音楽は俺にとって、ロックも、日本のも、アフリカのも、クラシックも、みんな同じ音楽なんだ。ロックだ、ジャズだ、パンクだという定義は、音楽業界に便利なフレーズにすぎない。音楽は音楽、というだけさ。人間は生きるために、空気と、水と、食物と、そして音楽が必要だ。音楽に対してどんなにいろいろ言ったって、それは見当ちがいというもんだろう。こういう立場をどこまで持ちこたえられるか、俺自身でためしてみたいと思ってるよ。

五木　ローリング・ストーンズが表現する〝男らしさ〟のイメージとはどんなものですか。

キース　男は自分自身を表現しなくてはならない。説明するのは難しいけど、世の中には男がいて、女がいる。男の中にはフェミニズムを持っている者も大勢いるだろう。（しばらく無言）俺は生涯、女と暮らしてきたよ。家は女だらけだ（笑）。だからその難しさがわかる。女がいかに強くなれるかも知っている。だから男たちに忠告するのは、女を力で屈服させようとするのはやめとけ、ということさ。女と一緒に暮らしてみれば、その力のすごさに気づくはずだよ。だから、男と女は、話をして問題を解決していくしかないんだ。

五木　今日はとても愉快なインタビューができました。ありがとう。

キース　ヘイ！　こちらこそ楽しかったよ。アドレスと電話番号をくれないか。もし今度、ふらっと日本へやってきたとき、電話をかけてもいいかい？

五木寛之×

唐十郎（劇作家）

赤塚不二夫（漫画家）

五木寛之傑作対談集　1977年

やぶにらみ知的生活

唐十郎（から じゅうろう）

1940年2月11日〜 2024年5月4日。東京府東京市下谷区（現・台東区）生まれ。劇作家・演出家・俳優。本名、大靏義英（おおつる よしひで）。明治大学文学部文学科演劇学専攻卒業。1963年、劇団「シチュエーションの会」（翌年「状況劇場」に改名）を旗揚げ。その後、新宿・花園神社境内に紅《あか》テントを建て上演し、アングラ演劇の旗手とされる。1970年、『少女仮面』で岸田戯曲賞受賞。解散後は劇団「唐組」を主宰。作家として、『佐川君からの手紙』で1983年芥川賞受賞。2003年発表の『泥人魚』では紀伊國屋演劇賞個人賞、読売演劇大賞演出家優秀賞、鶴屋南北戯曲賞、読売文学賞戯曲・シナリオ賞受賞。俳優として自作以外の映画やテレビドラマにも出演。戯曲提供多数。朝日賞受賞。文化功労者顕彰。没後に旭日中綬章を追贈された。

写真（前頁上）は石山貴美子撮影、1983年、TBS ラジオ「五木寛之の夜」収録時のもの

赤塚不二夫（あかつか ふじお）

1935年9月14日〜 2008年8月2日。満州国熱河省灤平県（現・中国河北省）生まれ。漫画家。本名、赤塚藤雄（読みは同じ）。奉天（現・瀋陽）で終戦を迎え引き揚げる。中学在学中に手塚治虫に影響を受け、漫画家を目指す。1956年、少女マンガ『嵐をこえて』でデビュー。 石ノ森章太郎を慕い、トキワ荘に入居した。1962年、『週刊少年サンデー』に「おそ松くん」、『りぼん』に「ひみつのアッコちゃん」の連載を開始し、一躍人気漫画家となる。『おそ松くん』で1964年度の小学館漫画賞受賞。1965年にフジオ・プロダクション創設。1967年、『週刊少年マガジン』に「天才バカボン」を発表。それらの作品はテレビアニメ化され人気を博す。1972年、『天才バカボン』ほかの作品で文藝春秋漫画賞を受賞。1997年、日本漫画家協会賞文部大臣賞受賞。紫綬褒章受章。

写真（前頁下）は石山貴美子撮影、1973年、『面白半分』取材時のもの

五木　最近、〝知的生活〟という言葉が週刊誌にもチラホラ出てきたり、知的な生活の入門書が売れているそうだけど、今の日本の大衆というか、民衆が知的生活に非常にあこがれているというふうにはとても思えないんだ。その辺どうですか。

赤塚　何か、ものすごく難しいテーマだなあ……。

五木　じゃあ、自分が当面ぶつかっている問題から話していこうよ。

唐　以前、ある講演会をやった時、ある人が赤塚不二夫さんのマンガに出てくる〝ウナギイヌ〟を、「あれは、満州の記憶だ」と解釈したんですよね。僕は、なかなか優れていると思ったんだけど……。

五木　一時期、満州という言葉がタブーのような感じで、東北地区と言い換えてた時があったけど、今の人は、満州というと、なにか新鮮な気がするんじゃないのかな。

唐　〝ウナギイヌ〟が、なぜ満州かというと、その解釈した人がいうには、右になってたモノが左になったり、左になってたモノが右になったり、首と胴が、いつも取っかえ引っかえになるというのは、過渡期の満州を幼な心に見すぎちゃったんじゃないだろうか、というんだけどね。

五木　ウーン……。赤塚さん、〝ウナギイヌ〟の発想のモチーフは何ですか？

赤塚　僕にとってみれば、もっとも単純な意味でのイヌとウナギの混血のような生き物なんですけどね。……イソップに動物と鳥のケンカの話があるね。動物が勝ってくると「おれは動物だ」とコウモリがいい、鳥が勝ってくると「おれはあの鳥の仲間だ」とコウモリがいう。〝ウナギイヌ〟は、そんな意味で使おうと思ったのが最初だった。

唐　そんなことないでしょ。もっと隠れた意味があるんじゃないですか。

赤塚　分からないなあ。僕は、あんまり難しいことは……（笑）。

五木　だけど、その話は面白いね。その話を続けていくと、今度、唐さんが公演を始めた『蛇姫様』の蛇姫は、蛇と姫の二つのものだよね。これは、日韓の表現であるということになるのかな。

赤塚　エ、エーッ⁉（笑）。

五木　あの蛇姫を絵に描いてごらんなさい。下半身が蛇でウロコがある。

赤塚　子供のころ、ウロコが背中にポツンとついてる少女の紙芝居見たことがある。楳図《うめず》かずおのマンガみたいで恐ろしかったねえ。

五木　『蛇姫様』というのは、有名な言葉だから、なにげなく使っているけど、唐さん流の発想で、「ウナギイヌは、満州だ」と解釈すれば、シュールレアリズムの「コウモリ傘とミシン台」というような無意識の発想がどうだ、こうだという話になってくるに決まってるんだよ。

唐　英語で『蛇姫様』って、どういうの？
五木　そりゃあ、スネーク・プリンセスというか……（笑）。
赤塚　これこそ、何もないって感じだね。

横溝ブームはルーツ志向か

五木　僕が最近、興味を持っているのが、〝ぬえ〟なんだ。〝ぬえ〟がなぜ面白いかというとネ、〝ぬえ〟というのは、よく右か左か分からないような人間で、「あいつはぬえ的な人間だ」というふうにいわれるわけです。これは、皆、いいかげんに使っている言葉なんで、「じゃあ、〝ぬえ〟ってどういうものですか？」って聞かれると、皆、はっきりイメージが浮かんでこないと思うんだ。
赤塚　そうだねえ……。
五木　だけど、〝ぬえ〟は、非常に不思議な鳥というか、動物でしてね。鳥と動物の合いの子みたいなもので、両方にかかっているんですよ。この両方にかかるというのは、たとえば、蛇が知性を表し、姫が情念を表すとすれば、あるいは、ウナギが知性でイヌが情念を表すと解釈もできる。とにかく対立物を対立のままに統一してるというイメージがそこにあるんです。僕は、それがとても面白いんだよ。〝ウナギイヌ〟と『蛇姫様』というのが、それぞれ背後に満州とか朝鮮海峡にどっか遠いところでつながっている……。この感じが、僕には面白い。

唐　結局、自分の本性が分かんないんで、それを追い詰めていってるわけだね。だから、〝ウナギイヌ〟が、赤塚不二夫さん自身かもしれないわけだよね。

五木　今、アメリカで『ルーツ』（根源）という小説が出て、それがテレビ化されて非常に話題になっているでしょう。これは、黒人が、自分たちはどっからやってきたのかっていう起源をたどっていく話なんです。これは「アイデンティティー論」から発展してきたんだけれども、今の一連の横溝正史ブームを解くカギの一つが、そこにあるような気がするんです。あれは、日本的なルーツの解明物語じゃないか。

赤塚　『犬神家の一族』から『悪魔の手毬唄』、『八つ墓村』の映画ね……。

五木　この三つの作品に共通しているのは、全部地方の梁《はり》の太い旧家が舞台になっていて、出てくる人間が全部そこで一族再会する。資産家が死ぬと遺産相続権を持つ人間が、皆、旧家に集まってくる。『悪魔の手毬唄』というのは、血につながる子供たちが、次々と殺されていくというふうに、日本のどこかにある村々の中で、非常に土俗的な家の、その家にまつわる一族再会物語です。どうも今、日本人が非常な勢いで、急進的にそういうものに向かって社会の方向が収斂《しゅうれん》しつつあるんじゃないかって気がするんだね。

赤塚 だけど、横溝さんの作品の怖さって皆分かっているのかなあ……。市川崑の演出は、ギャグの多い撮り方をしている。それが今の若い人に受けてるんであって、見る連中は本当の怖さが分からないんじゃないか。

五木 そう。あれを徹底的に怖くやったら、お客さん、ガラガラだと思う。ちょっと怖くなりかけるとワアーッと笑わせるという形で、絶えず過保護に恐怖心をほんとうに刺激しないように作ってあるんですよ。

唐 でもね、市川崑の映画『雪之丞変化』って怖かったですよ。

五木 昔はほんとに怖いものが受ける時代があったわけです。我々は、怖いものに耐えられたわけなんだ。たとえば、『怪談乳房榎《ちぶさえのき》』と『真景累《かさね》ヶ淵』と『四谷怪談』の三本立てというのは、歯を食いしばって見たもんですよね。わざと対決してたわけです。ガタガタ震えながら……（笑）。

唐 そうそう……。

赤塚 『真景累ヶ淵』は怖いよ〜〜（笑）。

五木 で、家に帰って便所に行けないって有《あ》り様《さま》でね。ところが、今の若い人たちは……僕は別に若い人たちを非難する意味じゃないけれども、そこまで頑張って怖い目に遭わなくてもいいから、もうちょっと楽にホドホドにしてくれと清涼飲料水程度の怖さを欲しているんじゃないかしら……。市川崑は、それに見事に応えたというところがある。

唐　僕は、『雪之丞変化』が怖いと思ったのは、ラストシーンです。美しいものが去っていくというところが怖いんでね。雪之丞が復讐を遂げて野っ原のススキの向こうに去っていく。雪之丞は、江戸時代の役者の格好してるでしょ。去っていく時に三つのカットがあるんです。どんどんちっちゃくなっていくの。最後にキツネみたいにちっちゃくなってくの。野っ原にキツネの影法師《かげぼうし》みたいに見えるの……。非常に奇麗なものが、化け物だったという怖さが市川崑さんの真骨頂《しんこっちょう》だったんですよ。

赤塚　しかし、今度の市川崑の二作品は違うよ。石坂浩二が金田一耕助になってるわけですな。出てくると探偵として見てないんだな。「ワア、カワイイ」っていうんですよね、お客さんが……。その辺が、ロックやジャズを聴きに行くのと同じでね。歌手として聴くんじゃなくてその人間についていろいろ感想を述べる。たとえば、石坂浩二が、ちょっと頭、ポリポリかいたりすると喜ぶんですよね。ストーリーと関係ないんだ。

五木　根深い恐怖みたいなものに対する対抗心というか、耐える力がないと思う。お化けが怖いという感覚は、ひょっとしたら今のマンションで育ってしまった人には、ないんじゃないのか。坪田譲治に『お化けの世界』という作品があるけれども、魑魅魍魎《ちみもうりょう》が跋扈《ばっこ》する世界のイメージを持っているということは大変なことなんだがなあ。
唐　そうですね。
赤塚　このままいくと、もう唐十郎みたいな人間は出てこない……。

キャノンは知的悪党のお化け

五木　僕は、唐さんの『蛇姫様』という芝居を見にきている人は、ある意味では怪談を見にきていると思う。
赤塚　今、どこでも照明は蛍光灯で、カーッと隅っこまで明るいじゃない。これが、そもそもお化けは怖くないというところにつながっていると思う。
五木　影がないから……。
唐　でも、よくよく見ると、蛍光灯の下でご飯食べてる姿ってお化けみたいじゃない？
赤塚　これはこれで、気持ち悪いけどね（笑）。
唐　昔、お化けの少女マンガばっかり描いてた漫画家も、最近、文庫のマンガばっかり描くようになってきてますね。
赤塚　もうダメなんですよ。

五木　マンガにも怪談、多いですか？

赤塚　いや、ないですよ。楳図かずおという人が、いろんな半魚人とかお化けみたいなものを描いていたけど、今はもう読者が分からない。

五木　結局、『キャリー』のような誰が見ても分かる映画になるんですね。今の怪談には、全部理屈がつく。テレパシーとか、念力とか……。僕は、オカルトというのは、ちっとも怖くない。

赤塚　オカルトには、日本的な怖さがないね。アメリカ人が考えた超常現象というのは、車が独りでに走り出すとか、メカニックなものが必ずあるんだよね。

五木　テレビでやってたけどアメリカには、お化けの家というのがあって、家の構造そのものが、重力に逆らっているわけですよ。真っすぐに建つべきものが斜めに建っていたりね。要するに、彼らから見ると、重力に逆らっていると、「怖い、不思議だ」ということなんでしょうけど、僕らは、それは怖くないんだ。怖いのは、人間のやることが怖いんでね、執念だとか……。

唐　宇宙のどこかにあるブラックホールより、お化けの方が恐ろしいよ。

赤塚　田舎なんかに行くと、一軒家でおばあさんが一人で暮らしてて、ぜんぜん何してるか分かんなくて、見ると、ときどき庭で豆の皮なんかむいてる。それが怖いっていうこと

写真は石山貴美子撮影、1983年、TBS ラジオ「五木寛之の夜」収録時のもの

あったね。

唐　お化けと一緒に寝たりする恐怖もあるね。たとえば、夢野久作の『ドグラ・マグラ』。あれは、一種のルーツでしょう。

五木　夢野久作の恐怖には、エロチシズムの匂いがあります。

唐　あの本は、お化けと寝すぎて、あんまり売れないんだろうね。千何百年前の自分の影法師までさかのぼっちゃうわけだから……。

五木　赤塚さんは、妖怪変化とか横溝正史の作品が、劇画になると思いますか？

赤塚　現実に劇画になってますけどね、劇画には情緒がない。やっぱり、うまい人がいない……。横溝作品をこれから独特なものにして描いていってくれる人は、なかなか出てこないんじゃないかな。

五木　この間、ＮＨＫがやった『キャノンの証言』は、じつに面白かった。キャノンなる人物は一種のお化けだなという感じがした。

唐　僕も見ました。

五木　キャノンは、アメリカの片隅で周りの人とも付き合わないでコツコツとピストルの弾丸を作って生活している。弾丸をよく見ると弾頭をナイフで五ミリぐらい切ってあるんですよ。中に鉛が入っているのが見えるんだ。これはダムダム弾で普通の弾丸じゃないんです。特殊な殺傷用のピストルの弾丸なんですが、撮っている人もコメントする人も、そこをサラリとコメントして流してしまっている。

赤塚 ホウーッ……。

五木 だけど、テレビの画面で、一瞬、ダムダム弾を見た瞬間、キャノンのイメージがいっせいにワアーッと拡がってきたね。あのキャノンという男は、ただの悪党というんじゃなくて「自分は人間を信じない。人間の本性は悪であると信じている。そして、自分はニーチェやほかのニヒリズムに関するあらゆる書物を読んでみたが、到達したのは人間は悪であるという思想であった」というんです。盗人にも三分の理というか、いわゆる白人国家の民族は、悪党であっても何かいう。哲学の本をハウツーのように読んでいる男なんだ。ところが、僕らの頭の中のイメージにある悪党は、情緒的悪党であって日本の犯罪者が哲学を持ち出したりするとなにか違和感があるんですよ。

漫画文化は質的に落ちてきた

唐 最近、見たいテレビ映画や番組をパックというか撮っておけるようになりましたね。

五木 うん、ビデオレコーダー……。

唐　あれは一種のイメージの引き出し産業ですよね。たとえば、五木さんが、今おっしゃった『キャノンの証言』をビデオで撮っておく。そして偏執狂的にキャノンのようなお化けをためておいて、二四時間ぶっ続けでビデオを見るというような人種が出てくるかもしれない。

五木　なるほどね。

唐　知的生活をするには、テレビを見ないというのが、第一章にくると思うんだけど、ビデオを使ってイメージをピックアップすることができる。これは知的生活ですね。

五木　テレビが問題じゃないんだね。自分の言い方で失礼だけれど、僕の場合でいえば、キャノンの作っている弾丸がどういう弾丸であるかということをピックアップする方に主力がなきゃいけない。

唐　うん。ただ、事と物というのは、摩訶《まか》不思議な力学があって、あまりイメージばかりいじくってると、今度は物として作りたくなってくる。僕は、今度、筑豊（九州・田川市）のボタ山に（状況劇場の）赤いテントを立てたわけだけど、頭の中にはボタ山に赤いテントを立てようとイメージしても、実際に実現するには、泥まみれになるプロセスがある。で、僕なんかは、頭の中に描いた絵をどうやって現実の物にするか、という欲望に強く惹かれます。

五木　唐さんの芝居は一般的には、知的という言葉と対照的な情念的という言葉でいわれるんじゃないですか。

唐　情念という言葉を使う時には、ある意味で知的な状況があったんですけど、今はあまり情念という言葉は使われなくなった。逆に〝情熱のルンバ〟の情熱といった方がフレッシュなところがありますね。

五木　イメージとか言葉は生き物だからね。怨念《おんねん》とか、狂気とか、情念という言葉が、ある破壊力や実用性を持ち得た時代があったけど……。

唐　だから、キャノンのようなお化けのビデオレコーダーを集めるような連中が増えたら、逆に『青春の門』を読む青年がフレッシュに見える……。たとえば、フォークに熱狂する若者群像が増えると、レマルクの『凱旋門』を読む戦中派の青年像が妙に刺激的にみえてくる。

五木　そういうことはありますね。だから、僕なんか文章の中にルイ・アラゴンとか、ポール・エリュアールという言葉を見つけて、はっとすることがあるんだ。ハンガリーとか、レジスタンスという言葉が、あまりに遠くへ行ってしまいすぎると、逆にその言葉に一種の新鮮さが感じられるようになるね。

赤塚　唐十郎がすごいと思うのは、独走できるんだということですね。僕なんかの場合、ライバルがたくさん出てきて、初めて自分（の腕）も上がっていくものだと思うし、マンガ自体もどんどんよくなっていくものだと思うんですけど、発行部数はすごく出ていても、マンガは質的にどんどん落ちてるわけです。自分も含めてですけどね。マンガ文化というのは、皆でワーッと寄り集まってやらなきゃいけないという気がする。だから、自分だけいい物をやっていればいいんだという気持ちはあるけれども、実際、必死になって描いても、なにか空回りしちゃう……。

五木 それは赤塚さんにとって悲憤慷慨《ひふんこうがい》すべきことですか？

赤塚 もういけないいんですよ、これは……。

五木 それは、赤塚さんに情熱があるからだろうと思う。僕は昨年、たまたま西日本新聞を読んでいたら、福岡市内の本の売り上げベストテンというのが出ていた。一〇冊のうち小説は一冊しかない。それを見て、なんとなく「ザマアミロ」という感じがしてね。これは、小説が頑張らなきゃいかんという感じじゃなくて、肌をブラシでこするような壮快感を感じたなあ。……これは、どういうことだろう。マゾヒズムかな……!?

唐 それは、実業と虚業の関係みたいなもので、小説というのは虚業でしょう。車の本やドキュメントは実業なんですよ。だから、もっとフィクションの類の小説が実業を襲撃しなくちゃいけない。

五木　唐さんの方は、どうですか？

唐　僕が芝居を始めた時、俳優座劇場に行きますと、一種のＰＴＡみたいな客ばっかりだったんです。そのころ、俳優座の顧問をやってた安部公房さんなんかも、俳優座にもっと学生とか少女群が来なくちゃいけないっていったことがあるんですけどね。今は逆に『ぴあ』なんて雑誌を持った少女群が多いんですよね。そうすると、今度は逆に化け物のようなお客さんが欲しくなってくる。たとえば、この間、新橋演舞場に行きましたら、泉鏡花の出し物をやっていて、悪しき組織動員で、劇場はいちおう埋まってる。ババア群のね。

赤塚　あそこはすごいでしょう。

唐　芝居やってる最中に、皆立って紙袋を持ってオシッコに行くわけ。その紙袋が客席のイスに当たってカサカサ、カサカサ……。そこの劇場は、芝居をやってても少しほんのり明るいから、オシッコに行くバアさんたちの方が役者に見えてきちゃうの。

五木　そりゃ面白い。

唐　僕はその紙袋の中に何があるのか、のぞきたくてしようがなくてね。

赤塚　お土産が入ってるんだよ。

唐　そういう客の方が、舞台より恐ろしい。バアさんの紙袋の中に〝煙出片脳油《けむだしへんのうゆ》〟（樟脳を精製したもの）なんか入ってたら怖い。便所に置いてあってシュッと煙の出るヤツね（笑）。

赤塚　〃煙出片脳油〃をバアさんたちが紙袋から取り出して、舞台に向けてギャーッなんてやったら、どっちが舞台か分かんなくなっちゃうね。……だけど、分かりすぎる客というのも困るね。マンガでも何描いても分かっちゃう読者がいるわけですよ。

街角で小説を売って歩く旅を

五木　状況劇場の芝居の前に平岡正明氏（評論家）が壇に立って冷やし中華の話が出たら、間髪《かんはつ》を入れず「冷やし中華‼」ってヤジが飛んだでしょう。東京で冷やし中華の大会があって、たいへん盛況だったそうですけれども、筑豊のボタ山の人から〃冷やし中華〃という声が出たことは、良し悪しはいわないが、東京の出来事を恐ろしいほど敏感にキャッチしている人たちが、全国にいることを痛感しましたね。

赤塚　そこに来ていたお客さんを見ると、東京の「ジァンジァン」とか、渋谷公会堂で並んでるお客さんと同じ感じで、同じような服を着ている。地方に来ても、まったく地方に来た感じがしない。話してみるとちゃんと標準語で話してくれるしね。

唐　だから、今はカントリーが中央で、中央がカントリーなんですよ。

五木　昔、ボタ山は自然発火することがあったんです。中に地熱があってね。それで、唐さんの紅テントがボタ山の中腹にボアーッと拡がっているのを見た時、これはボタ山が自然発火したのかと思ったね。

唐　夜中に見るとそうですよ。

五木　ボタ山は今、死滅しかかっててネ、〝筑豊の緑の柩《ひつぎ》〟といってるんだけれど、死滅しかかったボタ山が、ふたたび燃え上がったという感じがあってイメージが触発された……。

赤塚　地元の人は、毎日見てる風景だから、ボタ山をなんとも思わなくなってるわけでしょう。そこへ唐十郎が赤テントを持ってきて公演をやったということは、地元の人にも何か刺激を与えたところがあるんじゃないかね。

唐　そういうふうにみてくれると嬉しいな。

五木　僕は、今度筑豊に来て赤塚さんや唐さんと話をして、やっぱり小説のプロとして、これからはもっとビシッと小説の世界を突っ込んでみようと思ったね。そういう意欲を抱いて東京へ帰るわけだけれども、非常にいい体験をしたと思います。

赤塚　僕は、正直いって赤テントの中に入ったのは、初めてなんだよね。タイムトンネルで二〇年か三〇年ぐらい前にポンと帰ったような気がした。自分の中にある郷愁とか体験が、どんどんなくなっている時、呼びさまされた感じがして面白かったなあ……。

五木　僕に夢があるとしたら、小説家五、六人でライトバンに乗って自分の書いた本を五〇冊か百冊ぐらいずつリュックサックで背負い、街角や大学のキャンパス、人の集まりそうなところで一席ぶって、「こういう小説書いたから、ぜひ買ってください」といって、五冊でも一〇冊でも売って歩く旅をしたい。

唐　そういう詩人がいましたね。

五木　今は販売会社やいろんなシンジケートみたいな形で本が流通してるけど、野菜を作った人がバザールへ持っていって売るように、自分の書いた本をじかに手渡したいという感じがする。

赤塚　その場合、買い手がしっかりしていればの話だけどね。

唐　それよりどこに売りに行くかが問題ですよ。下手をすると蛍光灯のついているマンションの辺りをうろつくことになる……。

五木　じゃあ、大きなデパートみたいな書店の前で売りますか（笑）。

五木寛之×篠山紀信（写真家）

五木寛之傑作対談集　1975年

“大衆性”こそ写真の生命

著者。篠山紀信撮影、1975年

篠山紀信（しのやま きしん）

1940年12月3日～2024年1月4日。東京市淀橋区（現・新宿区）柏木生まれ。本名は紀信《みちのぶ》。写真家。日本大学芸術学部写真学科卒業。在学中に新進写真家として活躍し、1961年に広告写真家協会展APA賞を受賞。1966年、東京国立近代美術館「現代写真の10人」展に最年少で参加する。1976年、ヴェネチア・ビエンナーレ国際美術展日本館の代表作家に選ばれる。ジャンルの多様さは写真界随一。人物写真は女優のヌードから歌舞伎俳優、スポーツ選手、また風景写真は古民家から廃墟、はたまた迎賓館までと幅広い。写真集に『NUDE』『家』『晴れた日』『Santa Fe』などがある。

写真（前頁）は共同通信社提供、1970年

五木　ぼくでいいんですかね。なんか大事な連載でしょう。

篠山　ぼくもそれで困っているんですよ。それで、まあプロの対談士を一番初めに呼んでくれれば、どうにか間を持たせてくれるんじゃないかという気もありまして。

五木　あれなんじゃないですか、業界内部の人だとさしさわりのあることを、よその人間に誘導して言わせちゃえば当たりさわりがないと……（笑）。

篠山　この対談はね、写真界の人じゃない人にも出ていただこうと、そういうふうに思っているわけです。

五木　写真の世界も一つの写壇というんじゃないけども、文壇みたいに専門化してきて、権威ができてきた証拠だね、そんなことになるのは。

篠山　それで五木さんは高梨さんの『アサヒカメラ』（一九七三年一月号）の表紙にもなったことだし、その表紙を一度語ったときに、なんであの鼻水をたれてる写真をのせたかというと、「ぼくにとって『アサヒカメラ』というメディアはゼロに近い」（笑）とね。「あれは業界誌である。だからぼくはあの写真をのせたんだ」と、そういうようなことなんで、そこでもう一度五木さんにどういうふうにカメラ業界みたいなものを考えていらっしゃるかおききしたいんですけどね。

五木　いま業界誌とおっしゃいましたけども、これは一般には何というんですか。

篠山　写真雑誌といってますね。

五木　写真雑誌と言うんですか。『新潮』とか『群像』とか『文學界』というのは、文芸雑誌というふうに言いますね。写真雑誌の中にも中間小説的な雑誌と純文学的な雑誌とあるんですか。

篠山　ありませんね。写真雑誌というのは五誌あるんですが、『アサヒカメラ』というのは部数的にも圧倒的に多くてだからライバル誌というのはあんまりないですね。だからほかのほうがいろいろアマチュア専門とか専門誌に分かれている。

五木　しかし、それは質の点で分けてるんじゃなくて、たとえば初心者用であるとか、あるいはプロフェッショナルなものであるとか。

篠山　写真学生向きとか。

五木　つまりこれは大衆文学、これは純文学というふうに目的意識で分かれているわけじゃないでしょう。

篠山　ではないですね。

五木　その辺がつまり写真の雑誌の新しいというか、自然と新しいところなんですね。たとえば高梨豊さんはぼくの写真を『アサヒカメラ』の表紙に撮りましたし、それから、『non・no』のグラビアにも撮りましたね。同じ作家がそういうふうに最もハイブローな純写真誌と、それからいまのいわゆる女性誌、ポピュラーな雑誌に一緒に仕事をするというところなんか、非常におもしろいですね、一度篠山さんが札幌で『明星』の写真を撮りに見えていたとき、あのときに一緒にいた写真家たちが、「さすがに篠山紀信も「明星の仕事をしに来ている」と言わないね」って（笑）。

篠山　それは高梨豊が『アサヒカメラ』の仕事、柳沢信が『太陽』の仕事ね。非常に高級な仕事なんです。それでぼくが「麻丘めぐみが雪だるまでスッテンコロリン」というのを撮りに行ったんです（笑）。ぼくがそこでそう言っちゃうとね、やっぱりあまりに相手の人を傷つけると思って（笑）、ぼくはやさしいから言わなかったわけです。非常にへりくだってぼくは言わなかった、というふうに誤解してるっていうところが、まだあのカメラマンたちの未熟なところで（笑）。

写真は全部広告写真

五木　だから雑誌自体、そういう物理的な区分けはないけども、早崎治さんの『広告写真術入門』ですか、ああいう本を読んででも広告写真というものをやっていく上でのいささかの抵抗がやっぱりあったようですね、従来の写真家に。

篠山　そこら辺があるうちはぼくはだめだと思うのですね、やっぱり広告写真というのは広告写真なんだから、物を売るための手先というふうにはっきり割り切ったところでやらないと。

五木　広告写真というふうなことをいえば、すべての写真は全部広告写真じゃないかという気もするんですよ、ぼく自身は。中世のあれはエラスムスだったか、名前忘れましたけどね、あまりに自己宣伝が過ぎるって批判される神学者がいるんだ。と、かれは教会の塔を指さして「神も鐘を必要とするではないか」と言うんだけどもね。あの宣伝広告の一番歴史の長いものといえば、これは宣教活動ですね。だからそういうところを考えてくると、物を売るとか消費者の購買意欲を刺激するとかということと、たとえばベン・シャーンがアメリカのニューディール政策に共鳴して、共鳴したかどうかわからないけどもポスターを描きますね。あの中でやはりベン・シャーンらしい非常にいい絵がたくさん出てきてるわけですよ。あるいはピカソがやはり、フランコ・ファシスト政権のあのゲルニカの無差別爆撃に抗議して、抗議してかどうかわからないけども、触発されてあの「ゲルニカの虐殺」みたいな絵を描きますね。あれもやっぱり広告写真というか、広告絵画と言えば言えるんじゃないかという気がするんですけどね。

だから、その辺で非常に困るのは、ぼくはいままで「ママレモンママ」っていう広告のコマーシャルわりと好きだったんですよ。あれはいろいろ本を読むと、洗剤の中で問題の洗剤なんですね（笑）。あるいはファンタというのは恐るべき食品だということがわかったんだけども、あのファンタスティックっていうコマーシャルがあるでしょう。あれなんかとてもうまいですね。その辺が、つまり広告をやってる人が、多少クライアントのいない仕事をやってることよりも複雑なコンプレックスが生まれてくる理由だろうという気がしますがね。

篠山　ただ、五木さんなんかコマーシャルバージンでね、自分で出ていらっしゃらないけども、自分が出ていて、出た商品が欠陥商品だったりすると、それはたいへんに困りますね。

五木　それを言えば、つまりきりがないんですよ。とにかく複雑怪奇なわけ。その複雑怪奇な現実を写真というメカニズムをもってどう篠山さんが撮っているか。

篠山　写真が全部広告といえば広告になっちゃうんじゃないかという点ですが、写真というのはそういうプロパガンダの要素を基本的に機能として持ってるわけですよね。そこら辺は五木さんは実にお見通しなわけで、自分の顔写真一つにしてもちゃんとその機能を全うしたものでないと、まあいままでは発表しなかったというふうなこともありますね。

大衆性を背負う写真

五木　ちがうね。カメラの機能を評価して使うというより、もっともう一段前の素朴さがあるんですよ。ぼくの場合には写真が好きなんです、映像が。ヒトラーの場合には、ラジオと映画、それからポスターを最大限に、つまりいまおっしゃった持ってる有効性を活用した人ですね。映像というメディアは結局ほんとの意味で大衆社会のメディアなんですよね。だから、文章なりある複雑なメディアで、従来のメディアであるメッセージなり感情みたいなものを伝えようとすると、受け取る側にそれなりの修練が必要なんです。ところが映像というのは非常に直接的でしょう。まあ最近わからない写真もありますけども、「山」とか「川」とかいう漢字にまでルビの振ってある『家の光』のような雑誌でも、やはり表紙はちゃんと意図的に農村の期待される女性みたいな顔を出していくわけですね。そうするといなかのおじいさんたちは「こういうお嫁さんがうちのむすこに来ればいい」というふうに、その雑誌の表紙から何かを、そのままメッセージを受け取るわけでしょう。ですから、写真というのは基本的にそういうものを持ってるわけですね。ですから、その意味でぼくはジャズと写真がわりと最初っから好きだったんです。

篠山　ぼくはだから生まれながらに大衆性を背負っているメディアでありながら、写真というのが一つの芸術志向に入っていったり、それからいままでの写真雑誌が純真なアマチュアを相手に芸術写真みたいなものをつくり、それから構図はこうでなくてはいけない、ライティングはこうでなくてはいけないというような約束ごとをつくりね、何かこう非常に狭い閉ざされた方向へ写真を持っていってしまうということがおかしいと思うわけですよ。それからプロの写真家自身の中にも非常に芸術志向とか、もっと何か自分の肉体が衰えてくると、写真というのはそういうふうに本質的に開かれた方向を持っているメディアにかかわらずね、どんどん隘路《あいろ》の方向に入っていってしまう、そういう写真家がたくさんいるわけですよ。

五木　しかし、ジャーナリズムはたいへん技術的にはハイブローな写真をも、どんらんに使い込んでいきますね。

篠山　それはありますね。

五木　いわゆる商業主義みたいなものが写真に関してだけはいかに寛容であるか、あるいはつまりどれだけハイブローになっても写真というのはある程度大衆的であるという刻印を背負ってるか、ということですね。

篠山　それはそうですね。

五木　だから、それを宿命というふうに感じたり、荷物というふうに感じたりするんじゃなくって、逆にそれを写真の可能性というふうに考える方向でいったほうがいいんじゃないか。そうしないと将来文部省から補助金かなんかもらって写真を撮るというふうな文楽みたいなものになることも考えられるでしょう。大衆性を背負ってるということはほかの文学やら演劇なんかに比べてたいへんな新しさなんだということで、逆にそっちの方向へ突っ込んでいくことが、写真自体を最も写真らしくあらしめることじゃないかという気がしてますね。

小説は写真家の遊び？

篠山　ぼくなんかが写真撮っていく方角というのはどうしてもそっちのほうなんですけどもね。しかし全体的に、これは写真雑誌だから言うけども、写真雑誌を取り巻く作家あるいはそれを読もうとしている人というのは、むしろ逆な方向に写真を持っていったほうが喜ぶというか、そういう力というのは依然としてちゃんとあるわけですね。

五木　そうでしょうね。ただ、やっぱり森山大道さんとか加納典明さんとかが『プレイボーイ』で仕事をしたりしますね。あれが写真のおもしろさですよ。だからあれがもしモダンジャズの演奏家だったら草月会館でやったりイイノホールで個人的なリサイタルを開いたり、自分たちの家でジャムセッションをやったりするしかないところが、つまり大衆雑誌で仕事ができるというところがね、加納さんに至っては小説までですね。小説を書いている写真家を何人知ってますか。

篠山　何人いるんですかね。

五木　加納さんはつまり純文芸雑誌の『海』から男性雑誌の『サンジャック』に至るまで、幅広く活動なさってるけども、石黒健治さんも井上光晴編集の『辺境』っていう雑誌に傑作を載せてますよ。これは「作家もびっくり」という。

篠山　ほんとに傑作ですか。

五木　とにかく高級なんだよね（笑）。写真家の話なんですが、非常におもしろいです。それから『話の特集』の矢崎泰久氏が何を考えたか、ぼくのところに小説を持ってきまして「見てください」と言う。いつものずらずらしい態度でなく非常に謙虚に。見ましたら、ああ、これはだれ、これはだれっていうのがわかるような感じの写真界のモデル小説なんです。立木さんらしき人とか篠山さんらしき人とか、いろいろ登場してくるんですがね。これはやっぱり発表すると非常にスキャンダラスな問題になるんで、ぼくはいま預かって……。

篠山　脅迫だねエ（笑）。

五木　テニヲハを直さしていただいておりますけどね（笑）。八十何枚という力作で、さすがに自分の雑誌に載せるのは恥ずかしかったらしいけど。そう考えますと、いまメディアのそういう混淆《こんこう》というか、パーティーなんかで紹介されますね、「文芸評論家のだれだれさん」とか、そういうふうなものがわりとなくなって、一種のルネッサンス的な総合の時代に入ってきてるっていう、そういう活気をぼくは感ずるんですが。

篠山　しかしね、写真家が小説書くというのはね、何かもの書きに対するコンプレックスとか……。

五木　昔の映画の人はそうだったらしいね。つまり文学青年が映画監督になっちゃう。だけどね、写真界の人というのは全然そういう迷いがないんだよ。

篠山　無知だろう。だからさ、無知が出てくるわけでしょう（笑）。

五木　だから文学へのコンプレックスから出てくるものじゃなくて、非常に軽い気持ちで、「遊んでみよう」と。これはりっぱなものなんですよ。

篠山　『デラシネの旗』でしたっけね、あの本のカバーに五木さんの写真がありますね。五月革命のときに学生がポスターを刷ってる現場での写真。ああいう写真なんか撮るというのは非常にジャーナリスティックな感性なのね。やっぱり証拠写真をあそこで残しておこういうわけでしょう。

五木　それをジャーナリスティックと言うんだったら、ジャーナリズムということばを本来の意味で使うべきなんです。いまはそのジャーナリズムということばが商業ジャーナリズムというふうなことばの響きと混同されてるけど、そうじゃなくてジャーナリストというのは最も素朴な文学者なんですよ。ですから、あそこで写真を撮らせるというのはジャーナリスティックな感覚ということを言えば、全くオーソドックスにジャーナリスティックなんですよ。たとえば日本で言えば林達夫だとか花田清輝だとか久野収だとか中井正一だとか、こういう人たちはもう徹底的にジャーナリスティックなんですね。それはつまりルネッサンス期のヒューマニストたちから一貫して流れている、つまり文学とか芸術とか思想とかを考える人のことをジャーナリストとほんとは言うんであって、あそびであるものはむしろそれほどの高いものではなくてドキュメンタルなものに対する関心なんです。ぼくは自分の仕事の中の二つの柱というものを、たとえばアバンギャルドとドキュメンタリズムというふうに規定してますけど、その中でエンターテインメントやってるわけです。だから、あそこで自分が五月革命のさ中に美術学校の中でシルクスクリーンのポスターを刷ってるということを文章であとで書きますとね、その中に一種の美化作用もあり、それから違ったものになってくるわけですね。その中で抜きさしならぬ逃げ場のない写真を一枚撮っておこうというのは、自分にそういうおもしみたいなものをつけることで、どこまでも小説的にそれにいどんで生かしていくかをやめようと思っているわけです。ですから、あれはドキュメンタリズムの感覚というふうに言っていただきたいですね。

篠山　だって、まさに写真じゃないですか、それが。

面白いプロの「自写像」

五木　ただ、篠山さんとぼくとの違いは、ぼくはあそこでポスターを刷ってるところの写真を撮るけども、あなたは歩道で転びかけたような自画像を撮らせるでしょう（笑）。

篠山　『オレレ・オララ』か。なるほど。

五木　やっぱりあなた照れてるわけですよ。革命のポスターを刷ってる人間が照れてちゃ刷れないからね、それは。ぼくは照れるということも多少は知ってます。九州の人間は自意識がないとよく言われるけどね、九州の人間だって含羞《がんしゅう》というものが皆無なわけじゃない。あるいは自分の顔を写真に写すことの照れくささというのはあるわけですよ。あるけれどもね、それを照れくさいとか、おれは恥ずかしがり屋だとか、ぼくは羞恥心が強いからとか、そういうことを言う人っていうのはいやでしょう。それは臆面もない告白だもの。

ぼくはきらいなんです。

篠山　いや、ぼくは言わないですよ。「恥ずかしい」とは言わない。

五木　たとえば永六輔さんがさ、いや、恥ずかしくって死にそうですって三〇分くらい独演するじゃない。ああいうところが、東京の人のタフさだと思うわけだ。九州のデリケートな感覚ではああいうことできないです（笑）。それはやっぱり篠山さんにもあるんだな。だからあとの写真集ではなんだかタキシードみたいなのを着てノーベル賞の受賞者みたいな写真を撮らせてましたけども、前の『オレレ・オララ』はすごく照れてたね。

篠山　でも、自分の写真を撮るというのはちょっと別ですね。ぼくは写真家として写真を撮るという、ものを見るというときには、やっぱり相手のものに対してもう目をぱっちり開けて見ちゃうけど、ふっと自分にカメラ向けられると、それはやはり照れるんですよ。そこがだめなとこですね。五木さんはそこがやっぱり一番照れない。照れないというか操作というか、ちゃんとしてますね。

五木　照れないんじゃないんです。つまり照れることさえもう死ぬほど恥ずかしいという境界を越えていくわけですよ。川の向こうへ。

篠山　はあ、越えてるわけ。

五木　越えるわけですよ（笑）。「プロの自写像」みたいな、写真家が次々に撮っていくコマーシャルがあったでしょう。これはもう一人一人の屈折した計算がとってても目についておもしろかったですね。手に取るように見えたね。その人の計算ていうか。

篠山　あれで出てないのぼくだけですからね。

五木　あなた、声がかからなかったんですか。

篠山　ええ、やっぱり照れて。死ぬほど照れるから、やっぱりあそこで死んじゃあいけないと出なかったですけどね。

五木　しかし、あれはおもしろいね。それぞれにみな一生懸命趣向凝らして、しかも仲間うちの目を気にしてね、感じとしては。

篠山　それでも、写真家が自分の自写像を出すということはね、やっぱりそれは自分にとっていいイメージを世の中の人に見せようと思って撮っている形があるいうものですよね。だから、タキシード着てドレスアップする人とね、裸になって何かばか踊りしちゃうみたいな、ちょっと自虐的な形で自分を見せる人とかいろいろな形があって、それはおもしろかったですね。

五木　最近あなたが撮った『プレイガール』の関根恵子ね、ちょっといいですよ、あれは。なんか風呂の中で上気しちゃってさ、あごの吹き出もののあとかなんかがちょっとにじんだりして、あれはちょっといい写真だったですね。

篠山　あの写真はね、伊豆の温泉で撮ったんですけどね。

五木　聞きました。その過程はいろいろと詳しく（笑）。

篠山　ああ、当人から。そうですか。

五木　この間対談をやりましてね。

篠山　もうプロの対談士として手配してるわけだな（笑）。

五木　あなたがいきなり風呂の中に侵入してきたことから、もう一切そのときのあなたの態度やらすべてを（笑）、根掘り葉掘り聞いてきましたから。

篠山　これは困るね。秘密がばれるね、写真を撮る秘密が。

五木　そういうふうに写真は撮るものかと思った。だけど言ってましたよ、「篠山さんだからわたしはお受けしたんです」と。

篠山　この対談だってぼくだからお受けしてくれたんでしょう（笑）。

〝戦う〟ことの意味

五木　ところで篠山さんは反戦運動だとか反権力闘争だとか内ゲバだとか、そういう写真はあんまり撮られないですね。

篠山　撮らない。つまり政治に対して右も左もぼくはそういう行動でとか写真で図式的に意味的にやるというようなことはほとんどしないですね。だけど、政治の問題なんか撮ってないわけじゃない。『アサヒグラフ』なんかで連載でたとえば「むつ」が出航するところなんか撮りに行ったり、それから伊江島でファントムの実弾演習、模擬爆弾だけどもやっているのを撮ったり、政治的なテーマというのはあるんだけど、それが具体的にね、どっちがいいとか悪いとか、そういう形を言うんじゃなくて、むしろファントムならファントムが飛んでいるだけの姿から、殺人の機械ですからものすごく恐ろしいわけですよ。その姿を撮ることによってあとはどう感じてもらってもいい。ぼくは感じたものしか撮れないわけ。だから「むつ」では全く漁民の頭しか撮ってこなかったですね。そういう形でしかぼくは政治に……。

五木　だけど、たとえば写真でヌードだめだということになったらどうしますか。

篠山　それはやっぱり戦いますね。

五木　いま、昭和一けたというようなことばはあんまりよくないんで、一九三〇年代と言うんだけど、三〇年代生まれの連中が非常にラジカルになって、いろいろ危機意識が強くって、参議院に出てみたりいろいろやりますね。運動に加わったり。久しぶりにそういう一種の高揚みたいなものがあるんだけど、それやっぱり今度の場合にはわりと身近なところから出てるような気がするんですよ、表現がとても制限されるとか、雑誌が日々に仕事がしづらくなっていくとか。ですから、この間フランスに行ってぼくは映画六本ぐらい一週間で見ちゃったんだけど、フランス語よくわからないんだけどおもしろいんだ。『地獄の三人』っていうので、ジャンヌ・モローが一番最後に乱交パーティーをやった翌朝、彼女がまたぐらに拳銃を差し込んで自分のここを撃って血まみれになって足をこう開いて死んでいるのが、バチッと映っちゃうんですよ。すごいもんですよ。それをカットしちゃうとあの映画、ほんと死んじゃうんだよ。

篠山　ウン、ウン。

五木　だけど、日本いますごくうるさいでしょう。

篠山　いや、うるさいなんていうもんじゃなくて、実に毛がまず写せないなんていうことはどうしようもないわけですよ。あれは不自然なんだから。でもね、「戦いますよ」と言っても、じゃあいまだってもう戦えばいいんだけどね。

五木　いや、ぼくは「戦え」と言ってるんじゃないですよ。だってぼくの主義は一貫して「おれは小説を書くよ」と言ってるわけですからね。ぼくはこの間の韓国の問題で、「五木さん、一緒に戦いましょう」と言われて、「冗談じゃない。おれは二〇年間戦ってきたんだ」と言ったんです。業界紙以来ぼくは大衆ジャーナリズムという中で戦ってきたんで、かりにアングラの人が筑豊の斜坑で地底に穴を掘るような形で戦ってるんだったら、ぼくは吹きさらしの見通しの露天掘りみたいなところで、マスコミという修羅の中で、つまり自分の旗を掲げて戦ってきたんであって、「戦いましょう」と言われて、「なんだって」という感じあるわけですよ。篠山さんにもぼくはそれはあると思うんだ。あなたは自分の写真の中で戦ってきてるんだし。ただ言えることは、今度は具体的に署名とかあんなことといやだけども、何かそういうこともきらっていられんような気持ちに追い込まれるような時期が来るかもしれませんね。なんせ、よくないですよ、これから先の世の中は。

篠山　ぼくはね、野坂昭如さんが参院選に立つというときにね、冗談かと思ったわけ、ほんとうに。大体作家とかものをつくる人間は戦うという姿勢を見せても、国会に入ったってやっぱりうしろで舌をぺろっと出してなかったら、ものは見れないんだし、ものをつくれない。

五木　全くそうです。

篠山　そしたらね、実は野坂さんの写真を撮りに行ったんですよ、そしたらあの人やせ細っちゃって、まっさおな顔して、ものすごい真剣にやってるんだね。あれはちょっとびっくりしたなあ。

五木　そういうことをしゃべっていると、運動の局外からヤジ馬的に何を言うといって、あなた頭の一つぐらい新宿でなぐられかねないけどさ。でも、それはぼくはほんとだと思いますよ。ぼくらの言ってることは、これからの問題というのは戦うべき関ヶ原がない戦い。ヌルヌルしてつかみどころがないのっぺらぼうの頭もなければ峠もないという時代に入り込んでくるんじゃないでしょうか。だから、その中でのぼくらの抵抗というか、生き方というのは、明治維新のときの青年志士のような生き方、あるいは二・二六事件や五・一五事件の青年将校のような生き方はできませんね。

篠山　戦っている姿だけを撮って、戦ってる写真ってのが多すぎる感じですよね。

五木　たとえば三里塚のほら穴の中で、あれは三留さんの写真かな、トンネルの中に『平凡パンチ』が一冊落ちてたでしょう。気がつきませんでしたか。これはカメラマンが置いたんじゃないかという気もするわけですよ。若い連中の独特の、戦前と切れた戦い方を表現するために、ここにどうしても『平凡パンチ』が一冊ほしいと思ったら、篠山さんなら置きますか。

篠山　それはさ、写真を政治的に利用する場合だったら、それは置くでしょうね。つまり三里塚でどっちに加担するとかということ抜きにしてよ。

五木　そこを抜いちゃ困るよ。

篠山　それは当然あったんじゃない、自然に。置いたんじゃなく。

五木　ぼくもあったと思うけども、それが偶然入ってきたものか、カメラマンの視野の中で構図されたものかなということはずいぶん考えたけどね、あれ非常に印象的だったですよ。いま、なんせやらせの時代ですからね。テレビでも何でも。

写真を完璧に駆使する中国

篠山　でも、つまりその一枚の写真を見て、そういうふうに写真に対する感性がある五木さんというのはすごいおもしろいというか、毛沢東と同じなわけね（笑）。毛沢東というのは完全にその写真のプロパガンダ機能だけを完璧《かんぺき》に抽出して、あの国全部、一枚たりともそれ以外の写真はないんだからね。

五木　毛沢東は死ぬほど恥ずかしいと思いますよ、内心は。だけどシンボルとしてそういうものが必要だということは彼は知ってるんです。

篠山　だから、どの写真を見ても、グラフ見ても全部祖国のために前向きな写真しか載ってないわけです。その管理というものは完璧に行われているわけです。それが写真のすごい機能でしょう。大機能。そこだけ抽出してやってる中国というのは、まあ五木さんと同じぐらいですよ。五木さんの管理能力と同じぐらいじゃなかろうかと。

五木　管理ってよくない。だってぼくは孤軍奮闘しているわけだもの。つまり大マスコミの管理に対して。

篠山　理解力と言おうか。

五木　何とかかんとかいってあなたたちは、ぼくはずいぶんわがままを言っているように思ってるかもしれませんけれども、そうじゃないんですよ。一人の編集者を納得させて説得するということは、もうたいへんなエネルギーですよ。小説一つ書くぐらいね。話せばきりがないですけど。

篠山　どうもありがとうございました。

五木寛之傑作対談集 1987年

女の感覚、男の感覚

五木寛之×

山田詠美（作家）

山田詠美（やまだ えいみ）

1959年2月8日、東京都板橋区生まれ。小説家。明治大学文学部日本文学科中退。1985年、『ベッドタイムアイズ』で文藝賞を受賞しデビュー。1987年、『ソウル・ミュージック・ラバーズ・オンリー』で直木賞受賞。1989年、『風葬の教室』で平林たい子文学賞、1996年、『アニマル・ロジック』で泉鏡花文学賞、2001年、『A2Z』で読売文学賞、2005年、『風味絶佳』で谷崎潤一郎賞、2012年、『ジェントルマン』で野間文芸賞受賞。現在芥川賞選考委員。他の作品に、『ぼくは勉強ができない』『私のことだま漂流記』『肌馬の系譜』などがある。

写真（前頁）は石山貴美子撮影、1986年、TBSラジオ「五木寛之の夜」収録時のもの

怠惰な人は映画監督にはむかない

五木　『ベッドタイムアイズ』の映画は、もう見ましたか。

山田　去年、現像所で観たんです。五木先生は、ご覧になったんですか。

五木　いや、ぼくは最近、映画はほとんどビデオで観ているものですから、ビデオになったら観せてもらおうかと思っているんですけど（笑）。

山田　でも、あれがビデオになったら、ほんとにテレビの二時間ドラマになっちゃいますよ。

五木　うーん。映画と小説の関係というのは、なかなかむずかしいよね。

山田　私、あんまりあの映画の悪口いいすぎまして、試写状も送ってこないんです（笑）。

五木　原作者に試写の招待をしないなんて、前代未聞じゃないですか（笑）。

　でも、自分の書いた文章を、動く絵で観たいという気持ちは、やっぱりあるでしょう。

山田　ええ、それはあります。

五木　まあ、小説の映画化がうまくいかない理由というのは、いろいろあるんだろうけれど、そのうちの原因の一つには、従来の映画とかテレビの制作関係の人たちが、過度に文学青年すぎるんじゃないかと思いますね。

山田　私もそう思います。文学というものにとらわれすぎてるような気がする。私の作品もストーリーを追ったって面白くないのに。

五木　小説に対して意識をしすぎるんだよ。文学的というか、構えてその作品と取り組もうとするから、うまくいかないんじゃないですか。

山田　もっと映像本位でやったらいいと思うんですよ。

五木　ええ。ぼくもこれまで自分の小説が映画になったことは、けっこうあるけれど、制作者たちは「原作の大事なところはきちっとふまえて」というようなことを、必ずおっしゃる。

　ぼくは、そんなものなんかふまえずに、映画として魅力的なものをつくってくれればいいと思うんですけど、なかなかそういうふうにはいかなくて口惜しい思いをします。それでも、いまだに自分が書いた文章を、魅力的な映像で観てみたいという気持ちは、捨て切れませんね。

　山田さんは、ご自分で映画をつくろうという気はないんですか。

山田　いえ、案外そういう話って多いんですよ。村上龍さんみたいにやりませんか、とか。興味はあるんですけれども、映画をつくるのって、怠惰な人にはできないなって思いますから、お断りしています。

五木 なるほど。確かに映画をつくるっていうのは、映像感覚とか構成力のほかに、スタッフを掌握したり、会社と対応しながら現実化していく、一種の政治的な才能とか組織力とかが必要でしょ。ぼくも、自分にはそういう才能が全く欠けていると思うから、ついに映画をつくることはやらなかった。

いま山田さんは、ご自分のことを怠惰だとおっしゃったけれど、『ベッドタイムアイズ』から一貫して、怠惰とは正反対の仕事ぶりで、すごくエネルギッシュに作品を書いているじゃありませんか。

山田 結果としてそうなっているんですけれど、普段の生活はまったくの怠惰そのものっていう感じなんですよ。

五木 原稿を書く以外は、怠惰でいいんじゃないの。

山田 私の場合、異常な怠惰ぶりで、まったくなにもしないんです。

五木 でも、よく書いてるよね。ぼくは一読者として山田さんのミーハー的なファンだから、どんな本でもいいからたくさん出してほしいんだ(笑)。だから、三年に一作とかで珠玉の作品を発表するよりも、もう失敗作でもなんでもいいから、とにかく読みたいね。読者ってのはそういうもんですよ。そういうことって、大事だと思います。だって、今のわれわれは作品を読んでいるんじゃなくて、作家を読んでいるんだから。

カッコつけるのは命がけ

五木　ぼくがあなたを誉めるのは、なにか先輩ぶっているようにとられるかもしれないけれど、山田さんの書く文章ってすごく面白いね。魅力があるんだ。『ソウル・ミュージックラバーズ・オンリー』の中に、ジゴロが出てくるでしょ。で、彼のことを「無意識のジゴロだった」って書いているけど、あの辺なんかすごくいいなあ。「無意識のジゴロ」って最高ですよ。そのあたりの感覚は、男だからよくわかる。

山田　私は、いま書いている短篇小説の中で、五木先生がおっしゃっていた「ジゴロはネクタイがいちばん最初に擦り減る」っていうフレーズを使ってしまいました。

五木　あれ、面白いでしょ。ぼくは、自分がそういうのを使える粋な小説を書かないから、山田さんに使っていただけると光栄です（笑）。

でも、これまでの日本の小説の中で、山田さんみたいに男を描いた作家というのは、いないと思う。つまり、男の作家が女の人を描くときに、モノを賞味するように、愛玩《あいがん》するように書くことってありますね。だけど、男がそうするから女だってというふうに無理するのじゃなくて、自然なかたちで男を賞味するような小説というのは、画期的なことだと思うけど。ものすごくマゾヒスティックな快感がありますね。

山田　本当に？（笑）

五木　なにか、もてあそばれたりするような感覚。男ってのは、ペットみたいに扱われるのもいいもんだなと発見した（笑）。

それから、『ソウル・ミュージック　ラバーズ・オンリー』のあとがきに「一人の男と恋愛すると、三〇枚の短篇小説が書ける」ってあるけど、あのセリフには参ったなあ。長篇じゃなく、短篇というところがすごいじゃないですか。

山田　でもカッコつけすぎだってみんなにいわれたんですよ。

五木　いや、だってカッコつけるのだって命がけなんだから。カッコつけない小説なんて読みたくないです。昔は、私小説の伝統の中では、文章でカッコつけすぎるのは、わりと嫌われたところがあると思うんですよね。でもたとえば、ぼくらがアメリカの都会派小説などを読んでて魅《ひ》かれるところっていうのは、そのカッコのつけ方ですから。だから、山田さんの小説の中で、黒人がカウンターにもたれて立ってたり、動いたり、酒を飲んだり、煙草吸ったり、その一つ一つの動作に、神経のすべてをカッコつけに費やしている人間が出てくるけど、ああいう感覚で書かれた文章というのは、とても素敵だと思う。

ところで、どうですか、今度の『熱帯安楽椅子』あたりから、山田さんの書く男の世界がぐっと広がってきたようだけど。たとえば黒人という世界から男一般になり、しかもアジアという視野が……。

山田　ええ、そういう意味では広がってるかもしれません。だけど、アジアを題材にしたものをもう一作書いたんですけど、東南アジアの男の子をもってくることにそれほど重要な意味を持たせようとしたわけではありません。黒人もそう。つまり、黒人を書いてるとなんとなく気が楽なんですけど、アジアの人はもっと真剣なところがあって、書いててきついんですよね。

五木　なるほど。それは、こういうことがあるんじゃないですか。われわれ日本人は黒人を、白人社会に抑圧された犠牲者だというようにみてきたところがあるわけですね。でもそうじゃなくて、USAの黒人というのはあくまでもアメリカ合衆国の一員であって、確固として星条旗のもとに生きている存在なんだ。

そのへんをなんとなく見逃して、彼らの固有の文化、習慣とかを意識しすぎてきたんじゃないか。

山田　そう思います。黒人ていうと、みんな『アンクル・トムの小屋』とかを思い浮かべるんですよね（笑）。

写真は石山貴美子撮影、1986年、TBS ラジオ「五木寛之の夜」収録時のもの

五木　それほどでもないだろうけど（笑）。でも黒人は、実はものすごくアメリカ人的ですよね。
　あなた、小説の中で、「素敵な」とか、肯定的な表現のときに、「バッド」って言葉を使ってますね。あれはどういう語感ですか。
山田　たとえば、すごくカッコいい女の子が通りすぎていくときに「バッド」っていうんですよ。
五木　バッドは、普通の「悪い＝ｂａｄ」なの？
山田　ええ。意味としては、こっちを夢中にさせるくらいに憎らしい、そんな感じです。
五木　ああ、憎いあんちくしょう、か。日本でも、カッコいいさっそうとした強い男のことを、悪源太とかいったらしいから。
山田　くわしくはわかりませんけれど、そういう使い方って、黒人がよく使うんじゃないかと思います。「クール」にしても、冷たいという意味じゃなくて、いい意味に使いますよ。
五木　もともと、黒人たちの使う言葉の中には、反対にひっくり返す言葉があるでしょ。日本のミュージシャンでも、よく言葉を逆さまにしますね。あれは、もともと黒人たちが使っていた言い方だという話を聞いたことがある。
　ところで、あなたのご主人は山田さんの小説を読む機会はないんですか。

山田　いまのところないですね。翻訳されれば別でしょうけど。
五木　でも、時には彼の友人とかが、こんどの作品にはこういうことが書いてあったよ、なんておせっかいをしたりはしませんか。
山田　しないみたいですね。私が筋とかを教えてあげることはあります。
五木　ちゃんと正確に？
山田　いえ、都合の悪いところは全部落とします。だから、彼はハーレクィン・ロマンスみたいなものを書いてると思ってるみたい。
だから、どうして新聞に書評が載ったりするのか全然わかってないんです。

セックスは恥部ではない

五木　男と女というのは、たとえば身も心も燃やしつくすようなセックスのあとでも、三〇秒くらいたって意見が対立すると、とたんにガラッと違う間柄になるんだね。それを男ってのはそこのところで、これだけ快楽をともにしたんだから、この女は半年か一年ぐらいは自分のことを忘れないだろうと、つい安易に思いがちなんだけど（笑）。
山田　フフフフ……。その考えが甘い（笑）。

五木　そんなんじゃないみたいだね。やはり、女の人のほうが立ち上がりが早い。

山田　男の人のほうが純情ですよね。

五木　ぼくもそう思います。ただ、昔は愛し合ってるとか好き合ってさえいれば、いろんな意見の対立なんかあまり問題じゃなかったけれど、最近の男と女というのは、一つのことに対して意見が違っていても、それがちゃんと納得できないと、うまく性的にもコミュニケーションできないところがあると思う。

たとえば二人でベッドに入って、さあこれからというとき、たまたまついていたテレビのドキュメント番組をめぐって評価が違うと、そこでやるつもりがやらなくなっちゃう。まあ、そういうことはともかく横に置いといて、ひとまず寝ましょう、というわけにはいかないでしょ。

山田　ありますね。寝にいきましょうというとき、着てきた服がどうしても気にくわないとか。

五木　ぼくらの世代だと、野党に投票したとか自民党に投票したとかいうことが問題になるんだけれど（笑）。山田さんあたりだと、アクセサリーが気にくわないとか、コーディネートが悪いとかになるんだろうな。

山田　でも、私はそういう場合は、寝る前にわかりますね。そういう気を起こさせないような男を選びますから（笑）。
五木　あなたは、同性愛についてはどう思いますか。
山田　それも一つのかたちだと思う程度で、自分では全然関係ないんです。
五木　女性をみて、さわりたいとかきれいだとかは思いませんか。
山田　きれいだとは思いますけど、その手の女の人にモテないんです、私。一回、経験してみたいとは思うけれども。
五木　いや、その手の人じゃなくても、たとえば、あっ、あの子はきれいだとか、抱きしめたいとか考えないのかな。
山田　抱きしめたいとは思わないですね。ライバル意識は感じてもね（笑）。
五木　日本人は、セックスに対して淡白だと思いますか、それとも濃密な感覚をもっていると思いますか。なんだかインタビューみたいになってきたね（笑）。
山田　人によってそれぞれでしょうけど、多くの人は考えすぎなんじゃないかと思います。
五木　ああ、知識がじゃましてるわけだ。
山田　ええ、それでその知識がすごいものだと思っちゃってる。
五木　なるほど。山田さんの小説に出てくる黒人がなぜ素敵かというと、頭でセックスしないというのがあるよね。その時、その場の感受性にすごく忠実であるという。

山田　知識があるせいで、セックスがいやらしいもの、恥ずかしいものだと思ってしまうところがあるような気がしますね。本当は素敵なものだし、なおかつ素敵すぎないものだと思いますけど。

五木　花田清輝に『恥部の思想』という面白い本があるけど、今でも日本人はセックスを恥部であると考えているんだ。昔、東大の先生が、流行歌・演歌＝便所説といったことがあるんですよ。あれは汚いけど、なきゃ困るものだと。

　セックスに対して、いまでもそういうところがある。でも、最近どことなく社会の風潮として、セックス離れというのが出てきてるようだけど。

山田　あー、私も感じます。というか、セックスよりも、洋服だとかライフスタイルを楽しみたいんじゃないですか。

五木　本来、男がおしゃれをしたり、カッコつけたりするのは、メスを惹《ひ》きつけるためだというのがあるわけだけれど、どうもいまのファッションはそうじゃないみたいだ。自己完結的というか、装うために装うというか、服を着ることが一つの目的になってる気がする。最近、ぼくはビデオ屋さんに一日おきぐらいに行ってるんだけど、アダルト・ビデオとかを借りていく青年というのは、現実の女にかかわり合うことが面倒くさいから、自分の部屋であれを見てマスターベーションをしてるんじゃないかとか思う。

山田　そうですね。でも、服のバーゲンに並んでいる男の子たちって、誰にみせようと思って並んでるんでしょうね。服以前にあれって格好悪いと思うわ。

五木　彼らはやっぱり、女の人が怖いんじゃないのかな。女の人にみせるというより、時代から取り残されるんじゃないかと。あらゆる情報が充満している中で、自分が異端になるというのが、すごく不安なんだろう。だから、みんなといっしょに、バーゲンの列に並んでいれば、自分を埋没できるし。

山田　男の人がそうなっていくのと反対に、女の人が男の人を惹きよせるために洋服を着るってのが、最近多いんですね。

五木　それは頼もしいじゃないですか（笑）。

五木寛之傑作対談集　1988年

終わりの季節に

五木寛之×

坂本龍一（作曲家）

坂本龍一（さかもと りゅういち）

1952年1月17日～2023年3月28日。東京都中野区生まれ。作曲家、編曲家、ピアニスト、音楽プロデューサー。東京藝術大学大学院音楽研究科修士課程修了。愛称は「教授」。1978年、細野晴臣に誘われて高橋幸宏とともに「イエロー・マジック・オーケストラ（YMO）」を結成し活動開始。同タイトルのアルバムを発表し人気を博す。1983年公開の映画『戦場のメリークリスマス』（大島渚監督）に出演し、音楽も担当。同作はカンヌ国際映画祭に出品された。英国アカデミー賞作曲賞を日本人としては初受賞。1987年公開の映画『ラストエンペラー』（ベルナルド・ベルトルッチ監督）に出演。同映画音楽をデイヴィッド・バーン、蘇聡とともに担当し、グラミー賞映画・テレビサウンドトラック部門、ゴールデングローブ賞作曲賞、アカデミー作曲賞を日本人で初受賞。2009年にはフランス政府より芸術文化勲章「オフィシエ」を授与。文化庁より芸術選奨文部科学大臣賞を授与された。

写真（前頁）は石山貴美子撮影、1987年、TBS ラジオ「五木寛之の夜」収録時のもの

今だから語るわが新宿

五木　（『月刊カドカワ』一九八七年）一二月号の坂本さん（連載）の「勇気」のインタビュー記事は、とても面白かったなあ。あなたはムチャクチャなことをやってきてるんだよね。まさに青春のシュトルム・ウント・ドランク（疾風怒濤《しっぷうどとう》の時代）という感じだ。坂本さんは新宿高校でしょ。僕も、ある青春期を新宿で卒業した人間なんです。あれを読んで、今まであんまり語らなかった新宿のことを猛然と話したいと思ったね。

坂本　そうでしたか。

五木　僕が最初に新宿と縁ができたのは二丁目の内外《ないがい》ビルというビルなんです。その内外ビルというのは吉行淳之介さんなんかのエッセイにも時々出てくるけれども、「内外ニュース」という映画館があって、そこはドキュメントのニュースと、ストリップを一緒にやる奇妙な映画館でね。非常に不思議な、いかにも二丁目という感じの映画館なんだけれども、そこの隣に内外ビルという建物があった。台湾系の人がやってた雑居ビルなんです。中には掻爬専門の産婦人科とか、ちょっと悪徳弁護士ふうの弁護士事務所だとかが西日のさす部屋に、狭いところに軒をつらねて並んでいるという怪しげなところだったんですよ。

窓を開けるとちょうど下に内外ニュースのほうのストリッパーたちが、七輪でサンマを焼いてたりするのを上から見下ろせるという、たいへん地の利を得た（笑）場所だった。なにせピンクの怪しげなビルでね。そこへ僕は自動車関係の業界紙の編集長として勤めていたわけ。

その当時は大学を横に出たあとなんだけど、当時五〇年代の終わり頃に、初めてトリスバーとニッカバーというのが出現して相互に競合していた時代でね。新宿の角筈《つのはず》の角に「河野商事」という質屋さんがあった。風月堂《ふうげつ》の近くなんですけれども、質屋だけど「カワノ商事」というんです。当時の学生たちが全部愛用していた店です。

その角にニッカバー「ベア」というのができたんです。その頃、僕らは中野の中央線沿線で「ラグタイム社」というグループをつくって、露文科の学生たちを中心に、中央線沿線のアルバイト・サンドイッチマンの口入れ屋つまりギルドをつくって稼いだんです。

だから当時の中野界隈、観光美観街とか、あのへんのトリスバーやサントリーバーのサンドイッチマンを僕らのところから供給していたわけですから、今でいうコンパニオン派遣会社のようなグループをやったことになる。

坂本　ナウイんですね。

五木　それが新宿に進出してニッカバーのサンドイッチマンも引き受けたんですよ。

その頃、映画館が武蔵野館の並びにずっとあって、国際興業というのがありましてね。そこに弟がキャバレーの、いわゆる黒服というので勤めていて、僕の彼女がその国際興業の真向かいで働いていた。やっぱり角筈ですけれども、「カーネギー」という名曲喫茶があったんです。そこへ大学生だけれどウエイトレスでアルバイトに勤めてた。そして僕の妹が紀伊國屋の裏の「蘭山」という喫茶店で働いてた。今でもあるかな。あそこのレジスターをやっていたんです。僕は内外ビルで怪しげな業界紙の仕事やってて、彼女は「カーネギー」に勤めてて、弟が「キャバレー国際」の黒服をやって、妹が「蘭山」でレジやってるという、つまり一家総出で新宿で稼いでいたわけさ。一二時、一時頃にみんな仕事終わって待ち合わせて、「石の家」でギョウザなんか食べて、それでそれぞれ西武線とかで帰るという、そういう時期があったんですよ。

坂本　「石の家」は僕もよく行きました。ヤキソバが懐かしい。

五木　ですから、僕は実はずっと新宿で稼いで食わせてもらっていたわけ。だから新宿にお客さんたちが来るカウンターがあるとすると、その内側にいたんだね、われわれは。つまり客でなくて、逆に接客する側にいたもんだから、ある程度カネもできて、小説家になって飲みに行けるようになると銀座へ行っちゃう。どうして新宿で飲まないんだというけど、それはむしろ、新宿で遊んでいた人にとってみると新宿は遊びの場だから、お客さんの気分になれるかもしれないけれども、僕は新宿に行くと昔の仕事場ですからね（笑）。接客していた頃のカウンターのインの側にいた人間の意識に戻ってしまうから、もう酔いなんか醒《さ》め果てて愉快に酒なんか飲めないわけですよ（笑）。坂本さんの頃の新宿はどうでした？

六九年、東京から敷石がなくなった

坂本　僕が高校へ入った六七年が、新宿も変わるし日本も変わってくる年なんですね。だから時代の移り変わりと僕の過去はほんとにシンクロナイズしていて、大学に入った年が七〇年なんです。

七〇年に三島由紀夫さんが亡くなって、それで市ヶ谷にも行きました。ちょうど僕は極左だったくせに髪が短かったんですよ、右翼学生のように。それで市ヶ谷署の前の機動隊が右翼学生と間違えて最敬礼するのね。「ああ、右翼っていいんだな」と思ったもの（笑）。大声で、「オレは極左だ！」と叫ぼうと思ったけど、そこは右翼のふりして、ずいぶんそっくりかえって威張った口をきいたことがあります。それで昂揚して、そのまま花園神社に行ったら、ちょうど一一月一五日だったんです。一の酉《とり》か二の酉か、そのへんで……。

五木　花園神社はお酉さまの晩、にぎわってたなあ。

坂本　そうなんです。それで大群衆なのね、夜、新宿は。三島が死んで市ヶ谷署から花園神社へ行って、それから酔っぱらって夜の「ピットイン」に行って、叫んだりしてました。

五木　一時期、フーテンの女のコたちの間に、掌にタバコの火つけるのがはやったことがあった。

坂本　はやりましたね。我慢するのね。

五木　みんな傷あといっぱいあったね。肉体を傷つけることに快感を感じるのかな。結局、自分の存在感というのがなくなって、ジーッと手の甲を灼《や》く時にやっと自分が存在しているというのを感じるという。

坂本　あれはクスリやっているから、あんまり痛み感じないんです。ハイミナール四、五個ぐらいコーラで飲むのが一番効くんです。炭酸だからパーッと広がる。そういうおしゃれな飲み方とかあったんですよ（笑）。前歯でカリカリってやってね。ちょうど学生運動の隆盛とともに、カリフォルニアからヒッピー・ムーヴメントが入ってきた頃で、高校で一番親友だったヤツが、アメリカから一年留学して帰ってきて、そのへんの空気を持ってきた。ずいぶん進歩的だったわけですね（笑）。

五木　だからフーテン絶滅作戦とかいって新宿の商店主なんかがそういうことを始めるよ

うになって、一時期、新宿は火の消えたようになりましたものね。

坂本　一番新宿が変わったのは六九年の一〇・二一の国際反戦デーなんですね。六八年の時に騒乱罪適用の闘争があったでしょう。それで六九年はこっちも盛り上がるぞと言ったら、向こうも自警団を組織しまして、自警団と機動隊が完全に新宿を制圧したんですね。六九年の一〇・二一の前までは新宿に敷石があったんですけれども、その頃を境にして全部なくなりました。

　六九年て、東京から敷石がなくなったんだ。神田のカルチェ・ラタンの時には敷石がまだあったんです、御茶ノ水に。僕もバンバン割っていたんだ（笑）。

五木　そうだったね。

坂本　すごい勢いでなくなった。そのスピードに驚いた記憶があります。それから機動隊の装備がものすごくよくなったんです。それぞれの町の商店街は全部自警団になりましたね。

　六九年ぐらいまでがヤマ場ですから、今、五木さんのおっしゃっていたような意味での新宿が残っていて、新宿騒乱ですとか、自警団ですとかという話が出てきたところがちょうど六九年から七〇年でしょう。それがプツッと切れたと同時に学生運動も、赤軍派が出てきて、急に終息していくんです。

一〇年で歴史はひと回りする

五木 つい一〇年、一五年前なんですけれども、一〇年、一五年で世の中変わるもんだね。

坂本 まったく変わりましたね。

五木 だからやっぱり一つの歴史というのはあっという間ですよ。たとえばフィレンツェでルネッサンスが栄えた時期なんてものは何十年だもの。ほんとに短い時期ですよ。そういうふうに考えると、この四〇年とか三〇年とかというのは、これはものすごく大事な時期なんで、一〇年でガラッと変わるんですね、世の中は。

この間、読んでおかしかったんですけどレオナルド・ダ・ヴィンチって人は晩熟の人で、ほんとに活躍するのは、クワトロチェント、つまり一五世紀の後半の最後の一〇年間ぐらいなんだというんですね。彼はフィレンツェの人なんだけれど、むしろ最後の一〇年間はミラノで大きな仕事をするわけです。

それでまたミラノともうまくいかなくなって、生まれ故郷のフィレンツェへ戻るわけですね。その時、彼はフィレンツェへ戻れば当然、自分はフィレンツェの芸術家のリーダーとして、市民たちに歓呼の声をもって迎えられるであろうと。そこの芸術界を指導する長老の位置につけるであろうと思って帰ったら、一〇年間、留守している間にフィレンツェの市民たちの芸術の様式への好みが一変していて、年少の作家たち、つまりミケランジェロとか、あとから出てきた作家たちの人気にまったく圧倒されてしまって、彼はフィレンツェを失意のままに去るわけです。あの当時もそういうことがあったんだなと思っておかしかったなあ（笑）。

つまり市民たちの様式への好みが一〇年で変化してしまうというのはおもしろいよね。今、見てみるとレオナルドもミケランジェロも同じようにルネッサンスの巨匠だけども、やっぱりその当時のミラノとかフィレンツェで、人気というのがくるくる変わっていて、レオナルドもフィレンツェへ戻ってみると、もうまったく新しい作家たちに追い越されてしまって、あんまりみんなが相手にしてくれないと。それで内心がっかりしてフィレンツェを去るというんですがね、おかしいよね（笑）。

坂本　おかしい。

五木　そんなものなんだなあと思うんだ、今も昔も。今、世の中の移り変わりが早いなんて言うじゃないですか。

坂本　昔と変わってないんです。

五木　あの当時でも、やっぱり一〇年間で盛衰があったんだもの。

写真は石山貴美子撮影、1987年、TBSラジオ「五木寛之の夜」収録時のもの

伸び縮みする歴史

坂本　六七年からちょうど二〇年か。ビートルズが『サージェント・ペッパー』出した年ですね。ほんとに時間たつのって面白いですね。僕が昭和二七年生まれなんですね。朝鮮戦争が終わった年かな。

五木　えっ、二七年！　僕は昭和七年の生まれなんだよ。

坂本　ちょうど二〇年ですか。子供の頃、大人たちが、みんなこの間の戦争と言っているでしょう。自分が生まれる前の七年前に終わった戦争のことを大人たちが言っているんで、子供心にすごく腹をたてていたわけ。なんて大昔の話をするんだって。たった七年ですよ、終戦から僕が生まれるまでね。今、僕の高校時代の話していても二〇年たっているでしょう。七年前ったら、今なら八〇年でしょう、一九八〇年。

五木　ほんとだね、考えてみるとそんな話どころじゃないですね。

坂本　昭和二〇年に戦争が終わっているんだから、二〇年前といったら昭和初期と変わんないんですよ。だから、それだけたっちゃったってスゴイことだと思って……。

五木　しかし考えてみると昭和史もそう長くなく、やがては幕を閉じるわけだけれども、実際に坂本さんなんか生まれた時は戦後であっても、意識の中ではちょうど昭和史というのがだいたい入っているみたいですね。戦前も戦中も戦後もずっとつながってきているから。

坂本　八〇年代に入ってからかしらね、感じ方が変わったのは。これまでは昭和二〇年の敗戦というのがずっと特別なことだったでしょう。ところがあまり特別なものじゃなくて、江戸から昭和まで、それと敗戦から今、あの昭和二〇年というのは、かつて感じていたほど特別なことじゃないという日本の歴史の中での時間のつながり方を、だんだん実感するようになってきましたね。

僕らは敗戦を知らなくても、昭和二〇年て特別な時期だったわけですね。つまり、すべてがひっくり返ったというふうにみんなが思っていたんだけれども、それがどうもそうじゃないなというのがこの何年か、あれはちょっとした自由のお祭りがあったけれども、しょせん日本て変わってないなという。

今は江戸ブームで江戸時代を調べてみて、わかったりして、東京って、江戸期からそんなに変わってないのかなあという感じもありますね。もちろん町は変わっていくんだけど、日本とか日本人てあまり変わってないような気がするのね。

だから戦後の自由主義だ、お祭りだというのが、いかに幻想であったかというのを、一回、六〇年代に僕たちは暴《あば》いたけど……。

五木　それは坂本さんの持論ですね。前に『文學界』の中上健次との対談の時にもそれを言っていた。

新しい荒地の時代の出現

五木　ただ何となく、これは僕の単なる予感なんですけども、今日『ラストエンペラー』の音楽聴いたでしょう。ああいう音楽のほうへ、時代と、そして僕らの食指が向いてきているような気がするんです。若い連中が、ベルリン・オペラのワーグナーの『ワルキューレ』がよかった、なんて感激してたりね。

これは日本人がああいうものにすぐつられてなんて言うけども、実は僕もきのう行ってきたんです。最終日でした。ああいう音が新鮮に聞こえるということが確かにあるんですね。

だからドビュッシーもしかり、ワーグナーもしかり、何となく時代はまた、そういう大きな流れが出てきているなあというかね。だから『ラストエンペラー』にもことに新鮮な驚きを感じました。

坂本　マーラー・ブームなんかもそうでしょう。二〇年前、六七年といったら、さっき言ったようにビートルズが『サージェント・ペッパー』というのをつくった年で、その二〇年前というと一九四七年、これは日本で最初に電子音楽がつくられた年なんです。黛敏郎さんによってね。

五木　なるほど。

坂本　僕はシンセサイザーを使って電子音楽の流れをやっているわけだけど、最初の電子音楽から、ちょうど四〇年たっているわけですね。

五木　四〇年って大変ですね。

坂本　大変ですね。

五木　一つのエコールが栄えて滅びてもおかしくない時期だもの。

坂本　動乱の六〇年代と言いますけど、ほんとに動乱であったというのは長く言っても五年ぐらいですから、ほんとに激しかったのは二年ぐらいなんですね。六八年、六九年。あっという間だったんです。ずいぶん長かったような気はするけども。

五木　だからこれから先の一〇年、二〇年というのはものすごく楽しみと言えば楽しみなんですよ。やがて昭和が暮れるでしょう？　ひょっとしたら大きな地震とか、それから核の汚染とかいう問題も出てくる可能性もある。あるいは大暴落とか大恐慌とかくる可能性もある。あるいは浅田彰さんのいう黙示録的なエイズの世界的流行が、ものすごく巨大なものになるとか。かつての黒死病のような影響力をエイズが与え、全部そういうのが重なって、そこに新しい終末観というのが出てくるでしょうね。

この間ずっと僕は一週間かかって蓮如という人のあとを回っていたわけです。親鸞とか蓮如という人はヨーロッパの宗教革命に遥かに先駆けて、宗教革命をやった人たちです。だけど彼らがそう宗教をほんとに民衆の手に取り戻すということをやっているわけです。だけど彼らがそういうことをやった背景というのは、具体的には京都の鴨川、あそこの川っぷちなどにはゴロゴロと死体が山積みになっていて焼くあてもない。そういう時期に鴨長明が出てくる。親鸞が出てくる。だから末期的状況にすっごい鮮烈なものが出てくるんです。

坂本　そうですね。ちょうど第一次世界大戦が終わって、すぐスペイン風邪がはやって、戦争で死んだ人間よりも、遥か何倍もの人間が世界じゅうで死んだんですね。

五木　そう。

坂本　戦争、それから経済の変化、そして病気というのがウワーッと同時期に出てきますね。

五木　彼もスペイン風邪で死んだよね。ウィーンの絵描き、クリムト。

坂本　ヨーロッパの人口が黒死病の時と同じように半減したんですね。

五木　彼の奥さんもそれで死ぬんだね。だからそういう時代が今、非常に予感としてあるわけですよ。新しい荒地の出現が……。それは一面ではほかの人たちが心配するように、世の中悪くなるという面もあるかもしれないけどね。常にそういう中でしか、過去の文明と言えるようなものというのは出てないんだ。富と権力の偏在というもの、それから時代の世紀末的な恐怖というもの、そういう荒廃に豊かに開花する文化というものは、ごく罪深いものだと思いますよ。

　文化というものは必ず人間の不幸というものを養分にして、そのうえに花咲くものだから、失業が増大して、一方では新貧民階級というか、プロレタリアートがたくさんふえて、階級的に二分割されていくと、そういうなかであり余るものの中から、変なものが出てくる可能性もあるしね。

　僕は文化というものの担い手というのは実はきわめて悪い奴らで罪業を背負っているというふうに思います。文化って、しょせんあだ花だもの。

坂本　文化の頂点というのは政治的な頂点とも紙一重までひっつきますものね。千利休じゃないけど。

五木　だから古来、宗教というものが生き生きとして、ほんとに民衆の中でインパクトを与えた時代というのは、必ず民衆の不幸な時代なんですね。だから偉大な宗教家が生まれた時代は、人々が救いのないようなどん底の生活の中に落ち込んでいる時だ。平凡な文明の生まれている時期というのは、みんな何となく楽に暮らしている時期であって、今までそれが続いているわけじゃないですか。ある意味では、この四〇年間。

人類二度目の千年の節目

五木　このあと、一三年ですか、二一世紀まで。これは楽しみですね。一三年て言うとけっこうありそうに見えるでしょう。ところがあと一三回と考えるわけ。たとえば夏の甲子園野球が一回終わると、残り一二回しかない。桜が咲いて花見したり、夏になってたとえば西瓜《すいか》食って、海水浴に行ったりするのを、これも、日本シリーズも、というように考えると、あと一二回しかない、あと一一回しかないと考えると、あっという間だよ。

坂本　世紀末というと、ちょっとはぐらかされちゃうような気がしますね。世紀末ってね、きれいすぎますすね。これから先もう千年が過ぎて、二千九百何年というのは、人類が今のように生きているかどうかわかんないじゃない。キリストが死んでから、千年の節目の二回目を迎えようとしているんですよね。僕たちはものすごい変な時にいるんですよ。

五木　そう考えると毎日がドキドキするよ、おもしろくて。

坂本　むしろ未知のところへ一年、一年巻き込まれていくんだなという予感はしますね。今年なんか、かなりおかしいんじゃないかと思うんですけど。経済力とか文化の防衛力がやっぱりまだ日本は強いからね、実感できない人も多いかもしれないけど。でもやっぱり世の中はかなりおかしいところにきているなという。

五木　おかしくて危険で、不思議な世の中であればあるほど、おもしろい映画も出てくるし、おもしろい音楽も出てくる。

坂本　やっぱり日本という囲いの中で発想している限りはダメですね。よく思うんだけど、僕がたとえばアメリカ人で、ニューヨークでプロデューサーをやっているとするでしょう。テキサスに住んでいるギターのうまい少年がいたとして、そういう噂を聞いたけどもやっぱり使わないんですよ。テキサスの少年を、わざわざ航空費使って、ニューヨークに呼ばないもの。テキサスでそうなんだから、東京にいるヤツなんか使わないもん。そのくらい遠いんですよ、日本て。

僕がもしそのプロデューサーだったら、そんなにもし才能があるんなら、なぜニューヨークに来ないかと思うもの。それでたまたまニューヨークにいれば使うでしょう。やっぱりテキサスから呼ばないですよ。日本人でも才能あるヤツいっぱいいるけど、何で日本にいるんだろうって不思議です。理由はわからない。何でニューヨーク来ないんだろう。

五木　だけど、それは無意識のうちに感じているんですよ。外国に行って、ちゃんとした形で成功すると、日本は自分に対して祖国でなくなるという。

坂本　そうですね。

五木　同胞意識を切っていくからね。その人に対して冷たくなるから、決して未練を持たなければいいけれども、やっぱり日本人って日本が好きじゃないですか。

坂本　好きです。

五木　で、帰った時に、この祖国が自分に向いて、どこか半分白眼視《はくがんし》しているという感じが、つまり日本に対してエトランゼになるというのはやはりイヤな気持ちだと思う。

坂本　小沢征爾かな。

五木　それだけじゃなくて、野口米次郎にしても、だれにしてもみんなそうですよ。坂本さんが日本人を捨てる気持ちじゃなければ、完全に外国でフルに向こうの仕事をこなせないよね。ということは日本人は、さまよえるダッチマンなんですよ、片っぽう日本に足を置いている限りは絶対本当は成功しないよ。ここを捨てる気で行かないと。

坂本　捨てて出て行っちゃってもダメなヤツいっぱいいるしね。

五木　それはそうだ。

坂本　逆に（笑）。だから、日本を出るとかいう意識も捨てちゃうほうがいいんですね。

五木　なるほど。

坂本　歯をくいしばって、決意して日本を出るなんていうと、やっぱり六〇ぐらいになれば帰りたくなるわけだし。でも日本にいたっていいし、でもあしたはバリ島にもいるし、次の日にはニューヨークにもいるしというような……。

五木　無視してしまうんですね。

坂本　その境界を無視してしまう。ごく最近なんですけど、国籍のない東洋人たちの輪みたいなものが、それこそマフィアじゃないんですけど、できそうな気配があるんです。『ラストエンペラー』で皇帝役を演じたジョン・ローンもやはり香港で生まれて一八歳ぐらいの時にアメリカに行って、今はアメリカ国籍。完全に今はアメリカ人なんですけれども、やはりしゃべっていると東洋人なのね。英語でお互いにしゃべっているんだけど、何か日本語でしゃべっているような感じがするの。東洋語でしゃべっている、英語なんだけど。あの感覚っておもしろいですね。東洋人のカッコイイやつらの輪ができそうな感じで、いいなと思っているんだけど。

五木　あらたな東亜連盟じゃないですか、それは（笑）。

坂本　そうなのかもしれませんね。

五木寛之傑作対談集　1984年

京都、そして愛と死

五木寛之 ×

瀬戸内寂聴（作家）

瀬戸内寂聴（せとうち じゃくちょう）

1922年5月15日～2021年11月9日。徳島県徳島市生まれ。小説家、天台宗尼僧。俗名は晴美《はるみ》。僧位は権大僧正。天台寺名誉住職、比叡山延暦寺禅光坊住職。東京女子大学国語専攻部卒業。1956年、デビュー作「痛い靴」を『文学者』にて発表。「女子大生・曲愛玲」で同年度の新潮社同人雑誌賞受賞。1963年、『夏の終り』で女流文学賞受賞。井上光晴との恋愛など、奔放な私生活でも有名になるが、井上との縁を切るために中尊寺で出家。以後僧侶として説法会なども各地で開催した。1992年、『花に問え』で谷崎潤一郎賞受賞。『源氏物語』に関連する著作も多く、現代語訳を刊行。文化功労者顕彰。文化勲章受章。

写真（前頁）は小瀧達郎撮影、1984年

開かれた町、京都

瀬戸内　五木さん、京都にしばらく住んでいらしたでしょう。私はこれはもう作家としては理想的な境地だと思うんですけど、普段は流行作家で忙しいのに、ぱっと仕事をやめて、三年だか四年だか全く休筆して、京都に暮らして。今年はまた旺盛にお仕事をお始めになるらしいけれども、京都でじっと潜んでいらしたその時には、やはりよかったですか。

五木　ええ、すごくよかったです。まず、ジャーナリストみんなそうだと思いますけど、だいたい東京中心でものを考えますよね。東京からものを見るわけなんだけれども、東京ってのは、日本全体から見るとほんとうに一つのブロックにすぎない。だから東京にいて日本全体を見てるときの見方っていうのは、かなりゆがんだレンズが一枚入っていて、バランス感覚をなくしていると思うんですね。

もう一つ、たとえば、東京だったら一年単位でものを考えるのを、京都にいると二〇年とか五〇年単位で考えられるような気がするんです。ですから、次から次へと新しい作家がたくさん出てきて文壇なんかもどんどんめまぐるしく移り変わっていく。そこを発表の場として自分も書いてきたわけですけど、それを持たずにいて、全然焦燥感とか、そういう不安がないんですよ。

瀬戸内　それ、よくわかりますね。

五木　わずか新幹線で三時間ですけれどもその三時間の心理的距離はものすごく大きいみたいです。

瀬戸内　それは確かにそうですね。でも、京都に何年かいらして、そういうふうに、ほんとうに自由に自分の魂も時間も遊ばせてこられて、それでも五木さんは京都からまた東京のほうへ帰っていかれたわけでしょう。私も住んでみて思うんですけどね。結局、ここにじっとしていると、もう何もしたくなくなるのね。

五木　一生それでいいような感じになるんですけども（笑）。

瀬戸内　まあ、それでいいのかもしれないけどね。やっぱりじっとしていると、片足からだんだん腐っていって、気がついたらミイラになってる、そんな恐怖感にある時襲われることがあるんですよ。この町っていうのは。それで、私もしょっちゅう、旅へ出ていったりするんですけどね。なんでこんないいところにいてうろちょろするんですか、って言われるけど、ここでじっとしてたら、やっぱりものが書けなくなりますね。私の感じでは。

五木　そうですか。でも学問にはいいかもしれませんね。

瀬戸内　学問にはいいけど、芸術は。絵かきさんは京都には多いけど、作家はいないでしょう。やっぱりいられないんじゃないんですか。

五木　そうでしょうか。むかし京都に最初に住んだときに、ある大先輩作家からはがきをいただいたんだけど、京都は芸術家をだめにする町だから気をつけなさいって書いてあった（笑）。芸術家じゃないから平気ですけど（笑）。

瀬戸内　三島由紀夫さんがよくそう言いましたよ。瀬戸内さん、京都なんか行っちゃいけないって。だからそれはわかりますけどね。住んでみると。でも、いいところもあるんだけど。

五木　ただ、僕は、税金をちゃんと払って地元に迷惑をかけず、いわば長期滞在客という形で、その町のマナーを尊重して暮らそうと考えた。そういう住み方をしてますと、ほんとうに京都の人たちって親切だと思います。

瀬戸内　親切ですよ。京都の人は底意地が悪くて他国者《よそもの》を寄せつけないなんていうでしょう。私はそれは感じないんですよ。だから私、五木さんが親切ですって言うのはよくわかりますね。五木さんにしろ私にしろ、まあ世間によく知られた人間ですわね、だからあなたには京都の人はいいのよ、って言う人がいるの。でもそれだけじゃないと思う。それだけだったら一年で化けの皮がはがれますよね。

五木　京都の町の人は非常に誇り高いですから。なまなかのマスコミの人気者なんか問題にしやしませんよ。

瀬戸内　歩いているのをじっと見たり、振り返ったりしませんよね。東京へ行ったら、私なんてこんな格好してるから、よく、あっなんて言って振り返られるけど、京都の人はそんなの絶対しない。

五木　だから外人が京都にたくさん住めるってのも、いわゆるガイジンという扱いをしないからなんでしょうね。だから基本的に京都はインターナショナルなシティだろうと。昔、日本の中の異国なんて京都のことをいったことがありましたけど、かつての長安に、トルコ人からペルシア人からインド人から、いろんな人間が集まってきて、世界中の風俗や流行がそこにあったように、京都もそういう意味では開かれた町だったという伝統があるから、よそから来た人間に対して、その人間が自分たちの生活の中に割り込んできて、その生活と社会をおびやかすような面さえ示さなければ、とても闊達《かったつ》に心を開いてくれるような気がしましたね。

瀬戸内　やっぱり千年の都ですからね。人の生活にあんまり干渉しないっていうところがあるんでしょうね。

五木　そのとおりです。

瀬戸内　だからそれが、冷淡なのではなくて、一つの礼儀だと思うんですね。それが、田舎に行くほど、あの人は何してる人かという感じになってくる。私はそういう意味では京都がむしろ住みいいですよ。

五木　僕もそう思います。ですから、他人の自立を侵してはいけない。それから、思いやりとか、言葉と中身を取り違えてはいけない。つまり社交ってのがあるでしょう。社交的に言われたことを、そのまま真《ま》に受けて、無遠慮に人の心に入っていくような、ルールを無視することをしてはいけない。都のルールっていうのがあるわけです。そういうことさえ心得ておけば、非常にうまく人を扱ってくれるところです。

瀬戸内　たとえば、五木さんが喫茶店にいるのを見て、あ、五木さんがあそこにいるなとわかっていても、素知らぬ顔をしてあげましょう、っていうのがね。そういうしゃれたセンスがありますね。それはやっぱり都会のセンスね。

五木　僕が京都人は親切だって言ったら、ある人が、それは傷つき合うほど深くつきあってないからで、表面的に京都を通り過ぎただけだって言う。それはそれでいいんです。お互い傷つけ合い血を流して、はじめて人間どうし理解が生まれる、という発想そのものが、僕は嫌いです。人間は殺し合ったってほんとうには理解し合うことなんか不可能でしょう?

女が男を軽蔑するとき

瀬戸内 五木さんは東京に本拠をおいて、そして九州にも行ったり、金沢にも行ったり、京都にも行ったり、そしてそこで住んだ経験があるでしょう。で、やっぱり女性はどこがいちばんよかったですか。

五木 ウーン。

瀬戸内 それぞれいい？　それぞれ違う？

五木 女性としては、やっぱりおもしろいのは九州でしょうね。その代わり、たいへん難しいと思いますけど。人間の生の形がズバッと出てくるからね。

瀬戸内 あれはどうしてでしょうね。やっぱり卑弥呼の血が残っているのかなあ。

五木 簡単に言うと、たとえば長嶺ヤス子さんみたいな人は東北でしょう。非常に縄文的なんですね。九州がやっぱり縄文的なんです。京都の女性は弥生的ですよ。

瀬戸内 うーん。なるほど。

五木 洗練されてるし、デリケートな部分がたくさんあるし。それに比べて、南と北には非常にグロテスクだったり、生々しかったりしますけど、ある種の縄文の力強さっていうのがありますね。

瀬戸内　ははあ、そうですか。

五木　それでいて東北は重いんですよ。同じ縄文にしても。ところが九州の縄文っていうのは軽いんですね。

瀬戸内　一般論としての女性論なんだけど、たとえば恋人にするとか、女房にするとかっていう場合もやっぱり九州がいいですか。恋人にはどこ、奥さんにはどこ、友人にはどこっていうふうに分けるとしたら、どういうことになりましょう。

五木　瀬戸内さんのそれは、ちょっと昔風だと思うんですけどね。今の僕たちの考え方は、ガールフレンドでもあるし、恋人でもあるし、時には甘えられるおっかさんでもあるし、妹でもあるし、それから競争者でもあるし。そういう要素を全部持っている人間とでないと長く暮らせないですよ。

瀬戸内　そんなのいないわよ（笑）。それは男性の夢でしょう。います？　そんなの。

五木　僕は家事なんか全然、必要じゃないと思ってます。男の中には、みそ汁が作れない女はいやだとか、ご飯をきちっと炊けない人はいやだとかっていう考え方はありますけど。むしろそれより、人間って、氏より育ちですね。僕は引き揚げ者ですから。引き揚げ者っていうのは非常時の子ですから、もう缶詰めであろうがなんであろうが、それこそ野菜や肉を裁ちばさみで切ろうが、全然かまわないという感じですから。一生出前でもかまいません（笑）。

その代わり、たとえば人が本を読んでいるときに、それをうっかりじゃまするとか、そういうことを絶対にしない人がいいですよね。だから僕は、基本的に三年以上暮らしますと、やっぱりどんな美人でも無理だと思います。いくらチャーミングな人でもみんな飽きますから。そうするとやはり、基本的には友人としてつきあっていける人。それで、男にぶら下がっていくというんじゃなくて、男が一歩前に出れば、自分が一歩半ぐらいその前に出るぐらいの人でなくては。

男が最近捨てられる率が多いでしょう（笑）。だいたい、女性から離婚するんですけども、離婚の最後の決め手は、男が軽蔑されたときですね。軽蔑されないかぎりは、欠点もかわいいと思ってもらえる部分があると思うんですよ。でもその人間が今の自分より一歩でも二歩でも前へ行こうという気持ちだけでも持っていないとわかったときに、女は男を軽蔑しますね。一歩でも二歩でも前に行きたいと思いながらできないでいる、あるいはそういう自分に自己嫌悪を感じている、それがわかれば、それはそれで男を許してくれるんです、女性は。しかし、そういう焦燥さえ感じていない男を、女はばかにすると思いますね。それで男が女に軽蔑されるときは、もう愛情もなにも、最後のものがなくなるときでね。男

写真は小瀧達郎撮影、1984年

と女の愛とかセックスとか、それがたとえばもう三〇代でなくなったとしても、多少ともこの人間は自分の持っていないいいところを持ってるなあと、ここは私がかなわないなってものをその男が持っているかぎりは、男と女の間はうまく行きますよ。

若い女性たちは今……

瀬戸内　今の五木さんの意見をきいていると、女にとっては都合のいい、なんか思いやりのある考え方のような気がするんだけれども。

五木　そう思うでしょう。そう思うと違うんですよ。というのは、一昔前は、そういうことを言うのが女性の味方だったんですけど、今、女性が非常に保守化してきているんですね、全体に。それで、リブみたいな女の人がみんな嫌われるわけですよ。女性から嫌われる。僕が今言っているようなことを、今の女性は望んでいないでしょうね、特別な人たち以外は。かつての封建的な男たちが望んでいた女のように、そういう女になろうとしている傾向が非常に強いように思えます、今。

瀬戸内　おもしろいね、この話。うーん、ほんとうかなあ。それは女性が求めてるんじゃなくて、男性がそう仕向けてきたんじゃないの。

五木　いや、たしかにそれは男性がそう仕向けてきているんですね。それに対して、たとえば青鞜社《せいとうしゃ》の時代とか、いろんな時代には、やっぱり反抗する人がたくさんいたわけでしょう。ところが今は男たちが男社会のヘゲモニーを握って、自分たちに都合のいい時代のほうに持っていこうとしている。それに女性たちが逆らわずに乗っている。乗せられているというか。

瀬戸内　それは結局、女に自信がないのかしら。それとももっと功利的に考えて、男をおだてて、男の陰に隠れてかわいい女のふりをして……。

五木　いや、そんなしたたかなものはないですね。

瀬戸内　要するに、あんまり考えないで、このほうが楽っていうこと？

五木　明治以来、いろんな女たちが苦しみながら築いてきたものを、みんな今投げ捨てようとしているんですよ。

瀬戸内　じゃあ、私の書いた本なんか売れないで困るな（笑）。そうですかねえ。

五木　いや、せめて本だけぐらいは……と（笑）。ですから今、割合に頼りになるのは三〇代後半から四〇代ぐらいにかけての、あるいは僕らの世代ぐらいまでの女性たちで、若い人たちはだめみたいです。三〇、四〇、五〇ね。この辺が、僕が唯一、希望を託している女性層ですけども。つまり、ある意味では、自分の体験でなくとも、家族の体験とか両親の体験とかで戦争っていうものを通過してる人たちです。あんまり長いこと物質的繁栄が続きすぎた中で育ってきた人たちは、不感症になっているような部分がありますね。

瀬戸内　私たちもう、理解ができないものね。今の若い人たちのそういう感じ方っていうのが。

五木　ですから、僕が言っているようなことは、ほんとうは女の人にとってもきついことなんです。逆に今は。そんなこと言われて、それじゃ勉強しなければいけない。困るじゃない、ということなんですよ。

僕が今言っているのは、今の次の時代を担う人たちのことを考えてのことなんですけれど。

瀬戸内　でもね、世の中ってのは、その次の時代を担う若い者がしっかりしてくれなきゃ困るんであって、私は常に若い人の味方なんだけど。我々はもう過ぎていく人たちだから、やっぱり二〇代、一〇代の人が生き生きしてくれないと困りますね。ただ女としてね、やっぱりほんとうの魅力があるのは三〇の半ば過ぎないと、女らしい、会って楽しい、話して楽しい、暮らして楽しいってのはないんじゃないかと思いますね。だから結婚もそんなに急ぐことないように思うんですけど。いかがですか。

五木　僕は、結婚は全然急ぐことはないし、何度でもしたっていい、しなくてもいいと思う。ただ、今の管理社会の中では、たとえば、ちゃんと身を固めた人でないと社会が信用しないというようなことがいろいろあって、お嫁に行かないでひとりで暮らしている女性は、社会的失格者っていう扱いを受けることになるんです。

瀬戸内　でもそれはね、ボーヴォワールが『第二の性』を書いた時から言われてるようなことなんですよ。あれはもう四〇年ぐらい前でしょう。そうすると、それから世の中変わっていないということね。女の地位とか立場とかっていうのは。

五木　一度、たしかに明るい時代はあったけれども……。

瀬戸内　反動で、今あらゆることが反動の時代なんですね。

五木　だから、女性がだめになったっていうことじゃなくて、根源は男性が非常にだめなんです。

瀬戸内　男性はだめねえ。それ、今まで遠慮して言わなかった（笑）。でも私、いつもそう思うんだけどね。私は割合、離婚に反対しないほうで、私も五木さんと同じように、この人生で結婚は何度も繰り返していいし、それから、まちがったと思ったらやり直したらいいっていう主義なんですけども、やっぱり、そういう意見は常に、あらゆる時代に危険思想なんですね。そういうことをあんまり大きな声で言ってはいけないようですよ。

五木　やっぱりそれは、瀬戸内さんが非常に過激なんですよ。

瀬戸内　そうかなあ。

五木　瀬戸内さんの小説を読んでても、瀬戸内さんのひかれる主人公たちは、いつもその時代に対して、どこかつめを立てるような罪を持った人たちなんですね。それを美しいと瀬戸内さん自体が感じたわけでしょう。

瀬戸内　そうそう。

五木　僕も同じことなんですよ。そういう人は、女でいながら女から裏切り者視される女になっていく。今、ほんとうに魅力的な女だったら女から嫌われてる女ってのが僕はいいと思いますよ。そういう気が最近しきりにするんです。昔からそういうふうな人っていますけどね。

人間の愛の根源は……

瀬戸内　五木さんは若いころからね、今の年齢になるまで、女性に対する、その理想の女性は、今おっしゃったようなイメージがずっと変わらなかったですか。やっぱり男は年齢によって理想の女性って変わっていくものでしょうか。

五木　僕は変わりませんでした。両親とも学校の教師で仕事を持ってましたし、母親は働いているものだと思ってました。学校で何があったのかわからないけれども、疲労困憊《こんぱい》して帰ってきて、もうハンドバッグを投げ出してバタンと倒れるように家へ転がり込んでくるような母親を見てますとね、カアさん、がんばってるね、という感じ。ですから人間っていうのは、やっぱりさっき言いましたように、もう環境が大きいんです。母親像なんか特に大きいと思うんですが。

瀬戸内　男の子にとってはね。

五木　ええ。ですから僕は、自分の母親が働く母親であったということは、やっぱり残ってるんじゃないでしょうか。

瀬戸内　五木さんのお母さんっていうのは、働く女性であったと同時に、たいへん美しい人だったんでしょうね。

五木　でも家庭的ではなかったと思いますね。僕はそれでいいんだと。それが建て前で言っているように聞こえると困るんですけど、僕はたとえば、その女性が障子を足で開けるような女性であってもかまわないと思うんですよ。その女性が、ものすごくしつけもよくて、家事もできて、仕事を持っていてそれもできてても、差別観の強い女性だったら嫌いですね。

瀬戸内　いやあね。それは。

五木　差別観っていうのは、どんな人間でも生理的にはあるものですけども、その自分の差別観を恥じる気持ちを持たない女性はいやだ。仮に、それがどんな人間であっても、その人間をつい無意識のうちに差別するような言動を自分がして、その瞬間にそのことで自己嫌悪に陥る気持ちがない人っているでしょう。そういう人は、どんなに美しくてもだめ。

瀬戸内　許せないね。

五木　許せない。

瀬戸内　私も人間でいちばん嫌いな人間はそれなんですよね。でも、五木さんはどこからそれが出たの。やっぱり朝鮮で暮らしたからですか。

五木　そうかもしれません。差別する側の人間として生きてきましたから。

瀬戸内　私は中国へ行ってからです。それまではそういうことがわからなかったんだけれど、中国へ行って、いかに占領国の我々の側が中国人に対してひどいことをしているかと、目で見てますからね。その辺から自然に出てきたんだと思います。私は人間の愛の根源は、差別をしないってことだと思います。差別する人間は許せないって気がするんですね。だけどそういうことを言うと、うっとうしがられますよ。

五木　それが建て前的な立派なこと言ってるようにとられるので、あんまり言うのがいやなんだけども。

瀬戸内　そう、そう。だから私もなるべく言いたくないけど、言わずにいられない。

五木　だから僕は、その人がすごく性的魅力があったとしても、もうその場でさめちゃう。僕は女性もまた義に生きる部分があるのであって、その義というのは、非常にエロティックなものだと思うんですね。

サガンが母親の思い出を話しているんですけど、終戦になって、ナチスに協力した女たちが町の広場に連れ出されて頭をバリカンで刈られて、首になんか下げさせられて、はだしで追い立てられて、村の人たちがみんなそれを取り囲んではやしたてていった。それで窓を開けて上から、あなたたち恥じなさい、それでも人間ですかって叫んだのが、サガンの母親なんですね。それでねずみが一匹いただけでも卒倒するぐらいにこわがるのに、空襲の真っ最中にお化粧を始めると絶対にやめないとかね（笑）。僕は、そういう女の人をすごくいいと思うわけ。

これこそ釈迦に説法になりますが、たとえば、なんで僕が仏教なんてものに親しみを感じるかというと、仏教のその根本のところには差別をのりこえていくものがある。特に日本の仏教ってのは、鎌倉時代に宗教革命みたいなものがあって、人間みんな救われなければ、っていう、平等思想というか民主的な思想がしみ込んでいるところがあるでしょう。たとえば浄土真宗のほうの考え方では、とことん純粋にその教義を論理で追いつめていくところがあるんですが、とてもじゃないけども、そんなこと考えられないっていうところまで追いつめていって、それでその周りにある俗っぽいいろんなものをはずしていくわけです。だけど非常にエロティックなところがあるんですね。やっぱり義のエロティシズムみたいなものがあると思う。だから仮に、がりがりのやせっぽちで、色が黒くて、いわゆるグラマーとは正反対の女であっても、ものすごくエロティックなときってあるんだよと。だから女性の官能性なんかに関心がないのかとか、そういうことではなくてね、状況でそのエロティシズムっていうのは燃え上がるものだから、だと思いますけど。

言葉には命がある

五木　こんなこと言ってると、とってもきれいごとばかり言ってるように見えるけど、今の時代のいけないことは、きれいごとに見えることを恐れて、偽悪的になりすぎることなんですよ。口に出して自分の理想とか立派なことを言うのはみっともないことだと。それはまちがってますね。だから昔の旧制高校生みたいに大言壮語するのも鼻につくけれども、人間はこうあってほしい、こうあるべきだとか、人間は、男と女はこうあればいいと思うようなことを口に出して言えば、瀬戸内さんもおっしゃっていたように、言葉には命があるから可能性がある。どうせ男と女なんてこんなものだよとか、人間なんてくだらないとかって、しょっちゅう言ってりゃ、心で何を願っていてもそんなものですよ。
瀬戸内　やっぱり言霊《ことだま》ってあるんですよ。そういうこと言ってるとね、そういうことになるんですよ。私の今の一番の理想はね、家も何もなくなって、一所不住の身になって托鉢《たくはつ》して生きていきたいのね。
五木　ええ、いいですね。
瀬戸内　それは私のほんとうの願望。でも今の日本でそんなことできないでしょう。私が托鉢なんてしたら、またワーッと人がついてきたりね。だからもう少し外国語ができれば、私はとにかく外国へ行って、この姿でもなんでもいい、乞食の格好でも行きたい。そしてどっかで野たれ死にして……。それが今の願望なんですけどね。私はしようと思えばできないはずないでしょう。家族がいないから。もう姉が死んだから、何したっていいんですね。だからそれを、どうやって、いつやろうかなって思っているんですけどね。実は。
五木　ほんとうは家族がいてもいなくてもできなければいけないんだけど、やっぱり子どもはいないほうがやりやすいことは確かでしょうね。
瀬戸内　でもね、たとえば年の順からいったら、五木さん先に死ぬわけでしょう。そうすると残される奥さん、かわいそうと思わないですか。

五木　そうだなあ。そういう時にそんなにかわいそうじゃないように生きていなければいけないですねえ。結局、人間は最初も最後もひとり、だから六〇年一緒にいられたとしたら、ああ、六〇年も伴侶がいてよかったというふうに思えれば……。またこういうことを言うとヘンに立派なこと言ってるみたいだけどね。

瀬戸内　私なんか平気で何でも言うほうだから、誤解もされるんだけれど。でもね、私なんかもう今や余生に入っているでしょう。あと何年生きるかわからない。そんないいかげんなこと言いながらなんて、めんどうくさくて生きていられないっていう気がするんですね。

五木　まったくそうですね。先のことを考えると。

瀬戸内　六〇を過ぎたら、明日死んでも不思議はないんだからね。もう言いたいことを言わせてもらいますよっていう感じなの。

五木　僕は年をとることの効用は、それがいちばん大きいような気がする……。

死とは何かを残すこと

瀬戸内　五木さんにしろ、私もそうですけど、五木さんは韓国から引き揚げていろいろ苦労なさって、お母さま亡くされて、それから弟さんも三年前、一晩で亡くされたりしているでしょう。

五木　ええ。

瀬戸内　私も、母も父もとっくに死んでいるんですけど、私は死んでいるところを見てないわけですよね。母親は防空壕で死んだって聞かされても、もう一つ実感がわかないんです。それから父親はその後七年たって死んだんですけどね。それも私が心配ばかりさせて殺したようなもんですけど、それでもそんなつらくなかったんですよね。ところが今度、二月の末に姉が死んだら、ほんとこたえたですね。

姉の場合は発病以来ずっとつきあったでしょう。わずかな間ですけどね。それでね、仏教なんていうのは、生死《しょうじ》をきわめることなんだから、肉親の死でこんなうろうろしたらみっともないと思って、澄ましていなければいけないと思ったんですけど、ほんとにもうすっかりこたえたですね。

今日も手紙が来たんですけど、もう八二歳の人が、七八歳の女房に死なれてもう悲しくてどうしようもない、どうしたらいいでしょうという手紙なんですね。私は今それに返事が書ける気がするんですよね。

五木　なるほど。

瀬戸内　今までは、そんなのが来てもどうしようもないの。かわいそうにとは思うけど、ほんとに全部相手の気持ちがわかってなかったと思うんですよね。だから、五木さんの弟さんが亡くなったって聞くでしょう。あらあ、一晩で亡くなって、まあお気の毒にとは、ひととおりは同情します。でも、今のほうが、ああ、あの時五木さんはどんなにかおつらかったろうなって思うのね。人間ってね、ほんとにしょうがない。自分の身にそれを体験しないとわからないんじゃないかと思うのね。だから健康人が頭痛持ちのことは、実はわからない。飢えを知らない人が、世界に何万の飢えた人間がいるなんてわからないのね。

五木　おっしゃるとおりです。

瀬戸内　もう、そういうことね。今度つくづく思ったの。それまで、人は生まれて死ぬんだからっていう、そういう気だったんですね。だけどやっぱり、今度はこたえた。
　それでこれはいったい何事かと思って考えて、いろいろな仏教の本を改めてひっぱり出してみたけど、ぴんとこない。そんな時にね、白状しますけど、上智大学のデーケンさんていう学者がいらっしゃいますね。あの人が「死への準備」っていう講義を持っているんですよ。つまり、死ぬことに対して学問的研究をしているんですよ。その人の本やパンフレットを読んでたら、はっと思い当たることがいっぱいあるんですよ。だから仏教の尼さんなのに格好悪いけど、そのうちあのかたの講義を受けに行こうと思うんですよ。

五木　おもしろいですね。

瀬戸内　それにはいろいろな人のいろいろな意見が書いてあるんですけど、一つ、思い当たったのは、死っていうことは自分の死についていくら考えてもわからない。愛する者の死を送るときに初めて死の意味がわかるっていうんですよね。

五木　はい。

瀬戸内　非常に文学的な解釈だけれど、私もああ、これだと思いました。死なれてみてつくづくその人をいかに愛していたかってこと、その愛の重さとか愛の意味とか、そういうものがわかってくるっていうことを感じました。

五木　また悲観的な言い方になりますけど、言いかえてみますと、失うまでは人間はほんとうの価値がわからないってことがある。失った者どうしは、お互いの落胆のしぶりはわかる。

瀬戸内　そうそう。そしてそれは、失ったときはもう帰ってこないんだから。その時初めてその重さがわかってくるんですよね、人間は。だから死ってものはね、私は何もなくなるんじゃなくて、残していくものだということを感じたんです。

五木　おっしゃるとおりですね。

瀬戸内　結局、何かを残すことが死であって、人類は生まれて死んで、生まれて死んでと、繰り返しますが、私たちが生きているっていうことは、死んだ人から残されたものの上に生きているんだっていうことがわかったんです。まあ、出家者でありながら、一〇年たってそういうことがまだ何もわかっていない私に、姉は自分が死んで死のほんとうの意味をみせてくれたんじゃないかって、そんな気がようやくこのごろしてきたんですよ。

五木　一度きりで言いにくいけど、インドへ行って感じたことの一つに、人間は生まれて死に、生まれて死にを繰り返しやっているけれども、そういうものが一つのリズムのように生き続いているってことがあるんです。今おっしゃったように、人間のその今生きてるっていうのは、亡くなった人間の上に今生きている。我々が死んだ上に、また人が生きてくるっていうふうに。人間の歴史も文化も、繰り返し、生まれては死に、生まれては死にして積み重ねてきたんだという連続性。それはインドでいちばん感じることだと思うんですけどね。

瀬戸内　そうですね。だから輪廻《りんね》転生《てんしょう》っていうでしょう。輪廻転生を、たとえば私が死んで今度、五木さんの子どもに生まれてくるとか、そういう形で今まで受け取っていたんですけど、違うんですね。そうじゃなくて、死んだ瞬間に残していくものだと思うのね。そのことが、もうどうしても輪廻転生の意味がわからなかったんですけど、今度、なにかこう感じられたんです。

我々はたまたま小説を書いているけど、自分が死んだ後、自分の書いたものが何十年も読まれるなんて思っちゃいませんよね。それでも『源氏物語』なんかを見ると、まあ千年やそこらは残るものもあるんだなあっていうことを感じて、我々は芸術に携わろうとしているわけでしょう。それがたとえ読まれなくなっても、その人が何かを作ったというそのエネルギーは、その時かたわらにいた人に残していくんだなあ。それは子どもじゃなくて、あなたの読者なり、あなたを知っている隣人なり友人なり、そういう人に残していく、そのことじゃないかなあと思いました。

死ぬっていうことは、無じゃないってことですよね。

五木　そうですね。うん。決して無じゃない。

瀬戸内　だから私は、女房に死なれてどうしていいかわからないっておじいさんにね、そんなことをしみじみ書いてみようと思ってるんです。今の私が言えば、なにか真実味が出てくるんじゃないかと思うんですよ。

五木寛之×福山雅治（シンガーソングライター・俳優）

五木寛之傑作対談集　1995年

クルマ・音楽・他力《たりき》

福山雅治（ふくやま まさはる）

1969年2月6日、長崎県長崎市生まれ。シンガーソングライター、俳優。アミューズのオーディションに合格し俳優デビュー。1990年、シングル『追憶の雨の中』で歌手デビューを果たす。1993年に出演したテレビドラマ『ひとつ屋根の下』が大ヒット、同年、『MELODY』にてNHK紅白歌合戦に初出場を果たす。『IT'S ONLY LOVE』『HELLO』とミリオンセラーを連発し、2000年、『桜坂』がダブルミリオンとなる。他に『家族になろうよ』『虹』などヒット曲多数。男性ソロアーティスト「シングル・アルバム総売上枚数」歴代1位記録を更新中。音楽活動のほか、写真家、ラジオパーソナリティなど幅広い分野で活躍。テレビドラマ『ガリレオ』シリーズやNHK大河ドラマ『龍馬伝』の主演など俳優業でも活躍している。

写真（前頁）はアミューズ提供、1994年

音楽とクルマの純粋な楽しみ方

五木　僕は車が大好きなんだけど、福山さんは車は？

福山　僕も車は好きです。車そのものが好きみたいで、一八歳で免許を取ってから、ずっと車は欠かさず乗ってます。

五木　最初に手に入れた車は何ですか。

福山　最初は兄貴が親戚の人からもらった車をもらったんですけど、昭和五三年型のカペラのセダン。赤だったのを黒に塗り替えて乗ってましたね。

五木　ああ、あれはいい車だね。なぜそんな話を聞いたかというと、人間っていうのはいちばん最初に手にした楽器とか、最初に手に入れてハンドルを握った車に一生支配される、と思っているからなんです。僕は最初に、晴海の外車ショーで、中古車ですけどシムカの１０００という、フランスの国民大衆車を買ったんですが、それ以来ヨーロッパの車がずっと好きなんですよ。

福山　『雨の日には車をみがいて』の最初に出てくるシムカですね。僕が初めて車を買ったのは東京に来てからです。どうしてもスポーツカーらしきものが欲しい、と思っていたもので（笑）、九万五千円で売っていた、ジェミニのＺＺＲツインカムという車を買ったんです。〝安い〟というのが、その頃の僕にとっては大事なキーワードでもあったんで。初めて買ったもんですから、嬉しくて、乗り回してました。

五木 僕は福岡にいる時にオート三輪に乗ったのが筆おろしなんだけど、車は走ってるのを見てるだけでおもしろかったですね。外国に行っても、何時間も街角の喫茶店に座って、前を通る車を見ているだけで楽しかった。

福山 僕は東京へ出てきて、外車が本当にたくさん走ってるのに驚きました。長崎は、僕がいた頃もベンツは珍しかったし、ポルシェなんて絶対走ってなかった。フォルクスワーゲンを一日に三台見るといいことがある、というような話があるくらいで（笑）。ところが東京に来たら、ちっちゃい頃に親父が連れていってくれた〝スーパーカーショー〟で見た古いフェラーリが走っていたりする。東京はすごいな、と思いました。

五木 あなたのお父さんも車が好きだったんですね。

福山 好きだったみたいですね。〝スーパーカーショー〟に連れてってもらって、「父ちゃん、スーパーカーにどうしても乗ってみたい」って言ったら、「よし」って言ってどこから２４０のＺを借りてきたんですよ。「雅治、これが日本のスーパーカーだ」って（笑）。ちょっと違う気もするけど、でも、いいやって思った記憶があります。

五木　いや、あの頃のZは牙《きば》を持ったオオカミみたいな時代だったから。で、ジェミニの後はどんな車に？

福山　僕がまともに車を買ったのは最近で、それまでは本当に一〇万円の車を乗り継いでいたんです。ジェミニの次は友達からセドリックのワゴンを一〇万円で買って、次に、八万円の黄色いアルトを買って、その次にシティのカブリオレを一〇万円で買ったんですよ。

五木　みんな一癖《ひとくせ》ある車だな。

福山　僕は必ずポルシェを買うと決めていて、そこにたどり着くまでは一〇万円の車をいくつも乗り継いでいくんだ、と思っていたんです。いきなりガンと変わってしまいたいな、と思っていたみたいで。で、シティの次はポルシェになったんですけど……。

五木　それはいきなりだね（笑）。

福山　夜の一時くらいに出て、なぜか沼津まで行ってラーメンを食べて帰ってくるというのを、その車でときどきしています（笑）。

五木　結局、音楽もそうだけど、ただ聴くとか、ただ乗る、というのがいちばん純粋な楽しみ方だろうな、と思いますけど。僕も今はもっぱらただ走らせることがほとんどだけれど、昔は仕事場だった東京のホテルと家のある横浜を毎晩、車で往復してたんですよ。東京を出るのは深夜の二時、三時で、家に着くまでに三〇分をどれだけ切るかっていうのが毎日の課題だった（笑）。その時はポルシェに乗ってたんですけどね。僕は色紙は照れくさいから書かないんだけれども、一度だけ、横羽線で神奈川県警のパトカーに捕まった時に、色紙って言われて、書いたことがある（笑）。

福山　何年型のポルシェだったんですか。

五木　最初に乗ったのは六〇年の頃の車で、カレラから五台くらい乗ったかな。最後はスポルティマティックっていう、オートマティックとマニュアルシフトの中間のような車でした。年をとるとそういう車がおもしろくなってくるんです。それはオートマティックのほうがデリケートだから。例えばアクセルを少しずつ踏み込んで、ギアチェンジしないいま回転を限界まで引っ張ることもできるし、コーナーでシフトダウンする時も、アクセルをぽんと踏んで回転を上げて合わせてやると、ショックなく減速できる。ガシャガシャとギアチェンジをしてダブルクラッチを踏んだりしてるほうがはるかに粗野に僕には感じられたんだ（笑）。音楽なんかでもそういうところがあると思いますね。ピアノが最初に出現した頃は、ピアノフォルテって呼ばれて、何というメカニックな楽器か、というので使う人は軽蔑されてたわけですし、電気的なサウンドの楽器が出てきた時も、エレキなんてあんなもの……ってすごく蔑視された。そういうものを繰り返しているんですね。おもしろいものだよね。

福山　そうですね。

古さと新しさの絶妙な関係

五木　こんど僕は福山さんの『伝言』と『ON AND ON』というCDを二枚いただいて聴いたんだけれども、雰囲気が相当違いますね。写真を見ると『伝言』のほうが若いから『ON……』のほうが後だろう、と思うけど、音楽を聴いてると、我々五〇年代の世代にとっては『ON……』のほうがとってもすっと懐かしく入っていけるところがあった。どのくらい間は空いてるんですか？

福山　『伝言』は本当にデビュー・アルバムなんですよ。

五木　そこでいわゆるポピュラリティは獲得できたんですか？

福山　いや全然。『ON……』は最近のものなので、ポピュラリティという部分では『ON……』のほうが……。

五木　そうすると必ずしも我々の年代の人間が、ノスタルジーですてきだ、というだけではないんだね。

福山　最近では、僕より若い世代の男の子も女の子も、七〇年代がどう、というようなことを話してるみたいです。さっきの楽器の話じゃないですけど、古い楽器だけでやるんじゃなくて、新しい音楽の作り方と一緒くたになってやっているところがあるみたいです。僕も楽器自体は古いものを使うけど、最新のシステムでレコーディングする、みたいな感じでやっていて、そういうものが気分的にいい、とされているみたいですね。古いものを焼き直すんじゃなくて、古いものを、新しいシステムで自分たちなりに消化するっていうのが。僕もそういうのが好きですけどね。

五木　それも車と同じだな。ポルシェだってフラット6の伝統は続けているものの、最初のポルシェと今のポルシェとは実質的には別の車ですからね。だから古さを大事にしながら、時代と共に否応なしにものは新しくなっていくわけで、ただ単純に昔に戻るっていうことは、不可能だと思う。

福山　僕は古い車もいいと思うんですけど、古い車はエアコンが効かないとかトラブルがついて回りますよね。それも嫌いじゃないんですけど、実際自分が買って乗る時の車となると、やっぱり故障はないほうがいいと思うし、新しいもののほうが絶対的に速いし、ブレーキもきくし、よく曲がる。だから車は新しいものを買おう、と決めているんです。

五木　それは正しい意見です（笑）。新しいものが持っているクリエイティヴなおもしろさがわからなくてそんなことを言ってたんじゃどうしようもないんだけど。今、スピードって言ったけど、スピードはすごく素晴らしいものでもあるけれど、ある種の反社会的な部分も持っているわけですよね。よく、オリジナリティが大事だとか、創造力とか独創っていうけど、〝創〟という字の〝刂〟は刃物で何かを傷つけるっていう意味なんです。だからクリエイティヴなこと、新しいものをやっていく者は、必ず自分も傷つけるし、周りも傷つけると思う。少なくとも古いものを繰り返しやっている分には人を傷つけることはないけれどね、人々に退屈さを与えるくらいで（笑）。

福山　ハハハ。傷つけると五木さんはおっしゃいましたけど、やっぱり根本的にはエゴの部分になっちゃうところがでかいと思うんですね。いい悪いの判断基準がそんなにないじゃないですか。ギターの音でもそうで、ギターの音のいい悪いは新しい古いに関係ないじゃないですか。スピードとはまたちょっと違うものなのかもしれないと思うんですけど、いたって自分の好みの問題になってくるから、どうしても対立したりすることだってありますよね。傷つけた記憶はあまりないような気はしますが（笑）、傷ついた記憶は多々あるような……。ま、自分では意外と気がつかないもんですから、人を傷つけているというのは（笑）。

五木　『ON……』の裏側のジャケットのほうは、どちらかというと挑戦的に周りを傷つけていくようなビジュアルではなくて、自分が傷ついてるような内向的な感じだよね（笑）。

歌う太宰治みたいな——（笑）。

福山　そうですね（笑）。いや、うん。

五木　おもしろいもので、ジャケットの写真ひとつ見ても、音楽性というものはよく出るものなんですよ。周りのスタッフやアートディレクターが創ったんだ、というかもしれないけど、スタッフが創っていくものが、本人と無関係にはあり得ない。『伝言』の写真と合わせてみるとずいぶん違いますからね。『伝言』のほうが素朴でナイーヴ。まだ世の中の人の善意を信じてるという顔をしている。

福山　ハハハハハ。いや……。

五木　というのは『伝言』のほうが歌詞が非常に苦しんでるんですよ。理想とか夢とか、そういうものを素朴に信じてるから、ぶつかっては傷ついて、その度にうめき声を上げるっていう形の詞なんです。『ON……』のほうになると、スウィートなラヴソングを歌ってても、それはあるものがもう見えてしまった人間の優しさみたいなものでね。僕は、苦しみや悩みを抱えた人間ほど、そういう軽やかなものを欲しがるものなんだ、と思っているんです。それで、そういう感じを受けたんだけど。

福山　一緒にサウンドを出した人たちは、僕より全然世代が上だったんですよ。アレンジを担当してくれた小原礼さんはサディスティック・ミカ・バンドにいた方で、参加してくれたミュージシャンもかなり年配で、実際会うと、枯れた感じすらあって。ロックなサウンドが当然出てくるわけなんですけど、ある種、ロックが血肉化して出てきている感じがして、どんなとがったことをやってもある種の優しさみたいなものがサウンドから出てくるな、と自分がセッションして思いました。脆《もろ》い感じがしないんですよね、出てくるものから。その中に僕が包まれつつやったような感じがすごくありましたね。

五木　なるほどね。血肉化してるっていうのは、わかるな。

他力を信じて自分に優しく

福山　僕は一八歳の時に東京に出てきたんです。高校卒業して就職をしたんですが、やっぱり音楽をやろうと思って、バイクを売ったお金を持って来たんです。東京に憧《あこが》れはあったものの、怖いな、と思っていたもので、寝台車で寝てる間にお金を取られちゃいけないと思って、靴下の中に入れて（笑）。これから自分を守るのは自分しかいないんだっていう感覚が僕はあったんですけど、五木さんは東京へ出る時はどんな感じだったんですか？

五木　僕が東京へ出てきたのは一九歳の時。その当時は「玄海」とか「阿蘇」という特急で、福岡から二四時間かかったんですよ。僕は普通列車で来たわけだけど、やっぱりその時代ですから、東京への憧れもあるし、ひとつ対決するような気持ちはありました。でも、西から来たミュージシャンの歴史をたどっていくと、それはもう、すごいんじゃないですか。大体、音楽は全部、中国とかインドとか半島から、まず長崎、福岡とか太宰府とかあのへんに来ていたんですから。

福山　ふむふむふむ。

五木　琵琶とか尺八とかも、まずあそこへ来る。そして地元の人たちが都のほうへそれをもって上がってくるわけですからね。そう考えると、長崎から音楽をやろうと思って上京するというのは、どこかで歴史を繰り返しているところがあるんだね。

福山　古い時代から太宰府や福岡から東のほうに来ていたっていうのを今、初めて知りました。よく東京出身のミュージシャンなんかと話すと、不思議がりますよね。どうして九州はあんなに音楽が盛んだったんだろうって。でもそういうことなんですね、なるほど。

五木　昔は、九州→東京じゃなくて九州→京都なんです。江戸は東の田舎。だから京都にはザ・タイガースだとかザ・フォーク・クルセダーズだとか、鴨長明の後輩みたいな連中がべらぼうに多い。

福山　鴨長明、ですか（笑）。

五木　鴨長明は五〇歳で山に入ったんですが、若い頃は、当時最新流行の琵琶、いわばエレキギターに熱中して、ミュージシャンになるか、神社の宮司という上級公務員試験みたいなものを受けて出世栄達の道を歩むかで悩むんです。ところが毎晩集まってライヴハウスで琵琶を弾き狂っているうちに、公式の場面でなければ弾いてはいけない秘曲というのを、ある日つい演奏しちゃう。それを密告されて、出世栄達の道を絶たれて、結局山に入って、一生ヒッピーで終わったんですね。だから、京都は京都なりのそういう文化がありますよ。

福山　そうですね。京都はヘビーメタルとか、今の世の中の本流とは違うものが多いみたいですからね。

五木　福山さんの音楽、とくに『ON……』みたいなものは、今の音楽の中で分けて言うとどういうジャンルに属するんですか。どこにも属さないっていうのは、個人の独創の上ではあるだろうけれど、一般的な流れの中で言うと。

福山　僕自身はポップスの中に入るんじゃないか、と思います。『伝言』なんかを聴くと、ロックだな、と思うんですけどね。

五木　僕もそう思う。

福山　その時は、ロックのスタイルだったりスピリットを借りることが僕の音楽をやる上での方法だったような気がするんです。で、実際に自分で曲を書き始めたり、詞を書き始めたり、デビューしてコンサートをどんどんやり始めたり、自分発信で何かを作っていき始めた時に、ひょっとしたらロックの形態を借りてただけなんじゃないか、ということにぶち当たってしまったんですよ。出てきたものは何か違っていたんです、自分が憧れていたものとは（苦笑）。それで今は、自分ではポップスなんじゃないかな、と思ってますね。

五木　福山さんたちが音楽的な洗礼を受けた時に、すでにロックっていうのがきちんとしたステイタスとして確立されてるわけだから、ロックは目標ではなくて始発駅なんだよね。ロックのスピリットというのは、ポップスの中にも何の中にも当然生きてるだろうし、それは直接それを勉強しなくても、空気のようにその人にしみ込んでるものなんですよ。そういうふうに考えていくと、今、離陸したところだから、これからですね。やっぱり、持続することは大変なんだよなあ（しみじみ）。

福山　過去の前例から見ても大変だろうな、といつも思ってますね。ただ、どうすれば持続できるか、誰も知らないわけで、だからわからないものに対する恐怖感、という感じで受け止めてますね。ただ僕は、とくに詞とか曲に関してどれだけ正直にできるか、ということだけを今は追ってる気がします。なるべくいつもそういうふうにありたいと思ってますけどね。

五木　考え方を変えると、常にトップでなきゃいけない、ということもないわけですよね。

トップであるノウハウもない、と考えると、逆に時代から選ばれる、っていうようなことだろうと思うから、自分の音楽をやっていたり自分の小説を書いていれば、時代がぐるぐる回っていって、また時代のほうからその人をせり上げて持っていくかもしれない。僕らの仕事は四百字の原稿用紙を一字一字埋めていかないといけないわけです。その作業は華やかなものでも何でもなくて、非常な努力が必要なんですね。でも一方じゃ努力をしたってうまくいくものじゃないっていう考え方もあるわけ。いい加減にやろうが何をやろうが天才は天才だし、と。そこで僕もしょっちゅう迷う（笑）。だから目に見えない大きな力が運命の手に乗せて自分を運んでいるんだ、という気持ちと、でもその中でそこそこのことをやらなきゃいけないな、という気持ちと、その二つはありますよ。ただ、続けていく必要だけはある。音楽をやっている人はミューズの女神に愛された人なんだから。福山さんが自分のバイクを売って上京するっていう時のそれは、啓示というものだよね。僕は音楽をやるために生まれてきたんじゃないか、という予感があったんだと思う。

福山　そうですね。

五木　僕はあなたが選ばれたんだと思いますね。だから最初に音楽の目覚めを感じた音楽との出会いというのも、自分で選んでいるように見えるけど、実はその音楽に選ばれたということもあると思うんだ。作家もそうですが、一生のうちにスランプというのが何度かあるらしいんですよ。でも僕が比較的スランプを感ぜずにきたのは、さっき言ったように、自分の才能というのはある程度ある、でもそれよりももっと大きな力が自分を動かして何かを書かせたり、何かをやらせたりしてるんだ、と思うから。だから福山さん、これだけはちょっと先輩として言っておきたいんだけど、何かいい仕事ができなかった時や立て続けにうまくいかないことが続いた時は、自分が悪かったって思わないことですよ。外部に厳しく自分に優しく（笑）。

福山　その感じはいいですよね。どっちの状況の時でもプラスマイナスゼロという感じで。

五木　それを他力という言葉で仏教は言うんですけどね。他力を信じてる人間は、比較的じたばたせずに落ち着いて……。アーティストにしてみると、時代が自分からスーッと離れていく感じってあるんですよ。それから近づいてくる時の感じもあるよね。その時に自分が時代と一緒に走ろうと思ったら、大変ですから。

福山　たぶん僕にも時代がスーッと近づいてきたんだと思うんですけど、何しろ初めての経験だったものであんまりのんびり構えてられなくて（笑）、そんなに自分のところに引っ付いてこないでくれるかなあ、というようなところがあったんです。多くの人に知られるということはよりクオリティの高いものを出さなきゃいけない、みたいな責任感を感じてしまっていたんですね。ちょっと打算的な考え方があったりして、今の自分の実力だったらこのくらいの認知のされ方でいい、と思っていたのに、思い込んでいる自分の実力を越えた広がり方をされた時があって。僕は、他力というふうにいけてなかったところがあって、ちょっと戸惑ってしまった部分があったと思います。それで、ちょっと待てよ、と思った時があって、「Marcy's Song」という、虚像の部分を茶化した歌を自分で作ったんですが、何かすごく怖かったみたいですね。

五木 うん、それはわかるなあ。

福山 普通にコンビニエンスストアに行ってたのに、ある日自分の顔がコンビニエンスストアに並んでるのを見て、何か恥ずかしくて思わず別の店に行ってしまうような（笑）。

五木 自分の実感を越えて虚像が走っていく時に、その間の距離に不安を感じて、例えばドラッグとか何とかやることでかろうじてそこを埋めることはできるんだよね。おそらくプレスリーにしても誰にしても、そういうところはあったと思うけどね。その時にやっぱり考え方として、俺が、というふうに思わなければもうちょっと楽ですから。

福山 そうですね。それを今日は聞けて、よかったかもしれない（笑）。

五木 僕はこれからミュージシャンも、哲学というと大袈裟《おおげさ》だけど、自分の考え方っていうのを持って生きていったほうがいいと思いますね。福山さんなんか、日本のミュージシャンの中で珍しくこういうふうに話してくれるけれど、一時期のロックの人たちは、テレビに出ても「あっそうすか」とか言うだけだったりしたでしょう。僕は音楽だけじゃなくて、ロックをやっている人間のメッセージの伝え方っていうのも取り入れていかないといけないいんじゃないかな、と思います。

福山　よくテレビに出た時に「ファンにメッセージを」ってふられるじゃないですか。僕はいつも「一言で言うと、本当にありがとうしかないんですけど……」って言ってたんです。でもそれだけじゃだめだな、とずっと思ってて。で、この間、MTVのVMAの授賞式のビデオを観たら、どのアーティストも「一言」って言われると、「僕にこのラッキーな賞を与えてくれた神に感謝したいと思います。そして愛する息子、妻、そして私を生んでくれた両親、そして何よりも応援してくれたファンに感謝します」って言うわけですよ。これだ！　と思って（笑）。

五木　全英オープンなんかで優勝したゴルファーも感動的なスピーチをするよね。

福山　感動しちゃうんですよね。きっと考えたんだろうな、こういうふうに言おうと決めてたんだろうな、とわかっていても……。

五木　向こうにはそういうシステムがあるんじゃないですか。

福山　ちゃんと原稿があるんでしょうね。でもそれは原稿があってもなくてもどっちでもいいんですよ。そこでバリッと言えるってことがいいんですから。僕はそういうのを見てると、あー、やっぱりエンターテインメントなんだな、とあらためて思うんですよ。『ローリング・ストーン／インタヴューズ80s』という、八〇年代に『ローリング・ストーン』誌がインタビューした記事を集めた分厚い本を、僕はデビュー間もない頃に読んだんです。僕はすぐに、インタビューはいったいどうやってやるものなのかっていうのを捜してしまうタイプだったもので。それを読んで、読み物としておもしろいと思ったんですよ。インタビューとはかくあるべきなのかな、と思いましたね。

五木　向こうのインタビューというのはドラマがありユーモアがあり、本当におもしろくできてます。そういう文化というものがあるんだな。結局そういう文化を背景にして映画が出てくるし、ロックが出てくるわけでしょ。そう考えると、音楽は感受性だと思ってロックンロールをいくらやったってだめだと思いますね。日本の映画の作り方はアメリカの映画の作り方を取り入れたといわれていて、映画の撮影の段階なんかは確かにそうかもしれないけど、それ以外のことに関してはアメリカのシステムを入れなかったんですよ。だからエディターもキャスティング・ディレクターもダイアローグの専門家もいない。日本で映画がだめになるのは、ちゃんと全体的に映画の作り方というのを日本に入れてこないからですよ。少なくとも舶来のものをやる以上、舶来のカルチャーの全体像を、全部は無理でも少しは入れることを考えないと……。

福山　去年『ON……』のレコーディングで二カ月間ロサンゼルスにいた時に、ちょっと体調を壊してのどを痛めたんですね。それでとてもいいのどの先生がいるから、というのでそこに行ったんですよ。そしたらマイケル・ジャクソンだったりホイットニー・ヒューストンだったり、ジョージ・マイケルだったりのゴールドディスクが診察室の壁に貼ってあるんです。何でこんなところにあるんだろうと思ったら、その担当ドクターとして賞がもらえてるんですね。

五木　ほう、それはすごいね。

福山　そのドクターは、僕がわけのわからない日本人なのにもかかわらず、レコーディングをしてる、という話をしたら、滞在先のほうにまで「その後、のどの調子はどうだい」って電話をしてきてくれるんですよ。彼らは医者なんですけど、そのアーティストと一緒にものを作っている人間なんだっていう意識があるんです。そういう人にも賞を与えるアメリカのショービジネスのシステムはすごく健全だな、と思いましたね。僕は何かやった人に対する報酬というのはちゃんと出さなきゃだめだと思うんですよね。そうしないことには、極端な話、頑張れないじゃないですか。

五木　そうだね。『ネットワーク』っていう映画があったけど、ニュースキャスターがその日ものすごくいい報道の仕方をして副調整室へ降りてくると、スタッフが全員で拍手をするんですよ。役員室からは役員が降りてきて握手する。今日の仕事は素晴らしかった、って。賞賛のされ方が足りないね、日本は。だからクリエイティヴな人間は大きく伸びない。観客の拍手だけじゃなくて仲間の無私の賞賛が大事だよね。だからアメリカは変な国だけど、どうしても一目置かざるを得ないところがあるんですよ。

福山　現場の賞賛っていうのは、やってる本人には嬉しいもんです。去年の夏、五〇本くらいの長いツアーをやったんですけど、基本的にはメインのメニューがあって、ある種その繰り返しの状態の中で、そのメニューをいかに自分が思うパーフェクトなものに近づけるかっていう作業があるんです。ステージを構成してるのは僕だけじゃなくて、バンドのメンバー、メンバーの楽器を担当しているテクニシャンたちも、音響も舞台も照明もいるんだけど、時間がたっていくに従って、僕とお客さんということになっていくんですよ。そんな中でスタッフが褒めることもあるし、駄目出しというものをすることもあるんですね。沼津のコンサートがあった日に、僕はとてもコンサートがうまくいったような気分になっていて、でもそのことを「今日は俺、すごくうまくいったんだよ」って自分から言うのも何なんで（笑）、黙っていたら、舞台監督の一人が、「俺はお前と三年間一緒にコンサートを作ってきたけど、今日のお前がいちばん大きく見えた。よかったよ、ありがとう」って言ってくれたんですよ。すごく嬉しくて、そのことがまたコンサートをしていく糧になったりしたんですよね。

五木　アメリカは日常的に、そのスカーフすてきだね、という会話が大人の間にある。そういう会話が日常的にないところで、クリエイティヴなことだけを褒めろっていっても無理なのかもしれないな。

福山　ちょっとのことでいいんですよね。今録音したラジオのすべてがパーフェクトだったっていうことじゃなくてもいいんですよ、あそこで言った駄洒落がすごくおもしろかったっていうことだけでいい。

五木　ひょっとしたら九州系の人はものごとをいいほうにとる傾向があるかもしれないね（笑）。この間、村上龍と『五分後の世界』について話した時に、彼は「いい評判ばかりでした」って言うんですよ。辛い批評も確かにあったはずなんだけれど、彼の頭にはその悪いほうは入ってない。それは一つの才能だと思う。長崎の人はとくにそうなのかもしれないけど（笑）。

福山　それはありますね。ライヴが終わった後に、一応反省しようと思ってライヴのビデオを観るんですよ。最初は確かにアクションだったり、歌だったりが気になるんですけど、観てるうちに、自分では気づかないうちに自分のいいところを捜そうとしているんですよね。それで観終わった時に、なんだ俺、結構いいじゃんって（笑）。そういうことに落ち着いているんですよね。最初の反省はどこにいったんだって、自分で自分に突っ込むんですけどね。

五木　自分に優しくっていうのは、そういうことなんだろうね。六〇年代の合言葉はラヴ&ピースだったけど、九〇年代はトレランス、つまり寛容だと言われている。甘やかすという意味じゃなくて、真実を受け入れるというか。二時間観てけっこう俺も……って思えるのは、いいことですよ。そういうものがあるかぎり途中で仕事を捨てずにやっていけるんだ。今日は福山さんと話をして楽しかったな。やっぱり少しずつ変わってるんだ、というのもわかったし、これからが楽しみです。これからは福山さんたちの世代に、いろいろ大胆に発言していって欲しいですね。

福山　はい（笑）。

五木寛之傑作対談集　1973年

男殺し役者地獄

五木寛之 ×

太地喜和子（俳優）

太地喜和子（たいち きわこ）

1943年12月2日～1992年10月13日。東京都中野区生まれ。本名は太地《たいじ》。俳優。松蔭高等学校在学中の1959年に、東映ニューフェイスに合格し俳優デビュー。高校卒業後に東映を離れ劇団俳優座養成所入所。杉村春子の影響を受け、1967年に文学座入団。同年、日活映画『花を喰う蟲』主演。新藤兼人監督に抜擢され、1968年『藪の中の黒猫』に出演。1976年、『男はつらいよ 寅次郎夕焼け小焼け』にて、キネマ旬報賞助演女優賞、報知映画賞助演女優賞受賞。1993年、ゴールデン・アロー賞特別賞受賞。

写真（前頁）は石山貴美子撮影、1982年、TBS ラジオ「五木寛之の夜」収録時のもの

太地　しばらくでございます。お待たせして申し訳ございません。

五木　最初はいつもこうなんだな。どこの良家の子女がおいで遊ばしたかと思っちゃう。

太地　文学座は、しつけがよろしいものでございますから（笑）。

五木　ビールでいいですか。

太地　あたくし、水割りをば。

五木　うかがいますが、まさかいま御殿女中の役かなにかおやりになってるんじゃ――。

太地　いいえ。女郎《じょろう》をやっておりますの。水上勉《みなかみつとむ》先生の『飢餓《きが》海峡』で。

五木　また女郎ですか。なんだかあなたは女郎衆の役が多いね。

太地　そうなのよ。十八番の女郎役（笑）。それはそうと、冬に京都で『にごりえ』やったとき、観にきてくださらなかったわね。とってもいい女郎やったのに（笑）。

五木　京都じゃ上品に暮らしてるんだ。

太地　上品な女郎だったのよ（笑）。

五木　週刊誌のグラビアで、勝新の座頭市かなにかに組みしかれてる写真がありましたね。太股《ふともも》出して、裾《すそ》を乱したあられもない恰好《かっこう》で。あれも女郎だったたな（笑）。

太地　よかったでしょう。

五木　勝新がゴツいもんだから、あなたがすごくか細く見えてね。妙にサディスティックな色気があってよかった。
太地　あのラヴシーン、おかしいったらないの。あたしが上になって勝新さんが下なのよ。それで、ア、ア、アーン、なんて声だすのが向こうのほうなんだから。
五木　あなたが上だったの。
太地　どういうわけだかあたしが上。それで座頭市がアッ、アッ、ウフーンって悶《もだ》えるのよ、映画では。変わってるわね（笑）。
五木　ところでこれ、なんの対談？　まさかベトナム和平後の見通しとか――。
太地　『オール讀物』の新春対談。新年号ですぞ。
五木　へえ、新年号。新年号って、ひょっとしたらお正月号のことかしら。
太地　そう。お正月女優っていう位だから、編集部じゃ岩下志麻を考えてたらしいけど、なぜか、あなたにすり変わっちゃった。見てくれは岩下さんだけど、話は太地喜和子のほうが面白いんじゃないかって。
五木　お正月女郎ね（笑）。
太地　だから責任を感じてくれなくちゃ困る。そう飲んでばかりいないで、ちゃんと喋《しゃべ》ってください。もう二杯目じゃないの。
五木　あたくし、対談なんてことになると上がって固くなっちゃうんです。せめてお酒でもいただかなくっちゃ。

五木　そうですか。それにしちゃ、あなたの対談はみんな相手を旨《うま》く自分のペースに巻きこんで丸めこんでるけど。

太地　そうかしら。

五木　そうですよ。いつかの梶山（季之）さんとの時だって、好人物の梶さんに猫かぶってみせて、とってもほめられてたじゃないですか。

太地　それはあたしの本当の姿を梶山先生が見抜いてくだすったんじゃないかしら。さすが作家だなーって思った（笑）。

五木　『話の特集』の矢崎編集長ともやってたね、テレビで。

太地　ええ。かなりきついこと言われて、おたおたしちゃった、あたし。

五木　こっちの印象は全然ちがう。矢崎氏を舌先三寸でいいようにあしらってたって感じ（笑）。彼がとっても善良な人物に見えたからね、あのときは。

太地　そォーんなこと、ないですよ、ねえ（笑）。

五木　だから今夜は断固膺懲《ようちょう》の――。

太地　水割り、もう一杯いただこうかしら。

五木　だけどあれだね、こうやって近くで見ると、去年の冬より肌がいきいきしてるみたいだな。皮膚が少し若返ったような感じがする。なぜですか。

太地　エヘヘヘ。ねえ（とカメラマンに）、あたしさっきからゲラゲラ口あいてる所ばっかりだから、ちょっと待っててくださらない。大体うれしくなってワァーッて笑うと目がなくなっちゃう顔なの。だからいっぺん伏目《ふしめ》になって困った顔してる所なんか、お願いシマース。（水割りをぐっとあけて）うれしいなァ、飲みながらお仕事ができるなんて。アハハ、あ、また笑っちゃった。

五木　本当に笑うと目が埋まっちゃう人だね。それじゃ見えないでしょう。

太地　内側からだと見えるの。アハハハ。

五木　新年女優ってのは、やはりオーソドックスに選ぶべきだったかな。心配になってきた。

太地　いーえ。あたしでいいの。ナガシマさんだってあたしのこと、素敵だって言ってくれたわよ。

五木　ナガシマさんって、あの、巨人の長嶋？

太地　そう。対談したの。長嶋ってお正月向きの人じゃない。その人と対談したんだから。

五木　そういえば思い出した。あなた、長嶋の子供が生みたいって言ったとか――。

性欲が食欲であるかの如き健康さ

太地　それは週刊誌のおハナシよ。でも、あたしびっくりしちゃった。

五木　なぜ。

太地　あたしはウイスキー飲んで、西瓜《すいか》かなんか食べまくってるわけ。自分だけ呑んでるのって間がもてないじゃない。それで「ちょっと、お酒いかが？」っていうと、ここ（頭をさして）のてっぺんから出るような甲高いテナーっぽい声でね、（声色）「イエ、ボク、だめなんです」なーんていうんだもん。しつっこくすすめたわけよ。そしたらほんの一滴くらいなめて、パァーッと赤くなったわね。アレーッて思っちゃった（笑）。

五木　本当の天才的なスポーツマンというのは心理的には女性型なんだ。カシアス・クレイといっぺん対談したことがあるんだけど、そのとき、そう思ったね。ああいった動物的な勘とずば抜けた反射神経の持主は、とっても繊細なところがあるんだよ。プレスリーもそうだけど、雰囲気は繊細なものを持ってる。チャールトン・ヘストンが来日したときの記者会見で、オホホって手を口に当てて、しなつくって笑ったって話は有名だもの。

太地　あたしは反対ね。お色気みたいな役やるけど、本当はぜーんぜん男っぽいんだ。女優って、みんなそうみたい。
五木　だろうな。本当の女優ってのは、舞台の上で役を演じることが何よりも誰よりも一番好きで、男なんて息抜きみたいなもんでしょう?　いかがですか。
太地　芝居が好きなの。
五木　だから男となにかもめて、「ぼくと舞台とどっちが大事なんだ、きみは」なんて問いつめられると、内心舌打ちしたくなるんじゃないのか。
太地　わかってるのね。
五木　「そんなこと言われると、あたし困っちゃう」なんて口で言っても、本当は「なに甘ったれてんだ、このウスラバカ」って(笑)。
太地　ほんとよ。「ちょっとあんた、野暮なこと言うじゃないサ」ってな感じになっちゃうじゃない。
五木　あたしを一体なんだと思ってるのかしら、か。
太地　いえ、いえ、とんでもない、そんなおこがましい……(笑)、ハイ。
五木　だからあなたの場合でも、遠くから拝見しておりますと、あたかも性欲が食欲であるかの如き健康さを感じますね。のどが乾いたときに、冷たい梅酒をサァーッとあおるといった感じ。

太地 いえ、とんでもございません（笑）。ある劇団にね、酔うとタクシーの運転手口説いちゃう女優さんがいてね、いい機嫌で調子に乗ってやってると、テキが本気になったりして大変——（笑）

五木 運転手が本気になったらどうなるの。

太地 人気《ひとけ》のない林の中かなんかに、サーッと車乗り入れちゃうんだって。

五木 それで？

太地 そこは役者だもん。こんな所じゃいや、あたしのアパートいらして、とかなんとか必死の演技で自分ちまで引っぱってきて、オカアサーン！

五木 乗車拒否の一種だな（笑）。でも、なぜ運転手を——仲間の役者や、作家や、いろいろ男性はいるんだろうに。

太地 芝居でくたくたになった後なんか、ぜんぜん関係のない人のほうがいいのよ。芝居なんて遠い世界のことみたいに思ってる人のほうがね。

五木 わかるような気もする。あなた達がゲイバーなんぞへよく行くのも、そういう息抜きが必要なんだろう。

太地 そう、そう。だからゲイバー行って、歌うたったり、裸になってパアッなんてお金はさんであげたり、そういうのでものすごくすっきりするところがあるの。わかるでしょ?

五木 なんだかよくわからない(笑)。歌うたったり、ってのはわかるよ。裸になってパアッとお金はさむってのは一体なんですか。

太地 ほら、ゲイボーイがストリップなんかやって踊ってみせるじゃない。そのとき、とってもいいと、ご祝儀はさむの。

五木 はさむって、どこに? だって裸なんだろ。腋《わき》の下とか、そんなところ?

太地 ちがうわよ。

五木 芸者の背中にご祝儀はさむってのはわかるけど——。

太地 いやねえ(笑)。だってサ、ほら、あたしたちにとっちゃ、もうあの人たち男って感じはないわけでしょ。だから女みたいにして踊ってて可愛ければ「いらっしゃい、いらっしゃい、ステキよ」って、あそこにパッとお札はさんだりしちゃってサ……。

五木 それは知らなかった。一つ覚えたな。

太地 やだなァ、もう。お正月の対談なんでしょ。恥ずかしいことばっかり喋らせないで。

五木 すごくいきいきして、嬉しそうに喋ってるように見えるけど(笑)。

太地 そりゃあ、だって。ちっともいやらしい話じゃないもの、本当は。パッとはさんであげると、ア、なんて喜んでくれて、とっても可愛いじゃない。そんなの見てると、ワァー、この人たち頑張って生きてるゥって感じがして、ものすごく感動しちゃうわけよ。わかるでしょう？　ね。

五木　うん。いい話だと思う。しかし、そんなに器用にパッとはさめるものかね。

太地　あんまり、こだわらないでください（笑）。

五木　まあ、いずれにしても、山田五十鈴《いすず》さんやきみみたいに、死屍累々《ししるいるい》たる男性群を踏み越え乗り越え、一筋に自分の道を行くってスタイルでなくちゃ駄目なんだろうな、女優は。

太地　またおおげさな。

五木　恋をしててもどこかに上《うわ》の空のところがあるわけでしょう。

太地　だからって、何も感じない不感症みたいな女じゃ、女優なんてやってけないと、あたし思うし。だから、よくパトロンがいてどうのこうのなんていう話あるでしょ。でも、あたしパトロンなんて持たなくったって、自分でやってて、そのほうが自由になれるみたい。どっかでいい生活できても、しばられてるとそれだけでだめになっちゃうみたいな感じがあるのね。

五木　きみの場合だったら、某々女優のように、舞台で活躍して大パトロンがいて、という感じじゃなくて、舞台で活躍してて、ときどきテレビなんかで働いたりして、それでちょっとパトロンになるっていう感じだね、若い男の。
太地 そうなんですよ。あたしはそっちのほうがいいのね（笑）。
五木 お小遣いもらうより、やるほう。
太地 あたしはそう。うんとおとなしい人がいて、もしあたしに、もうちょっと経済力があったら、ちゃんとお小遣いあげて、カギ締めて「あたし、仕事に行ってくるわよ」っていってさ。
五木 たとえばきみが、何がしか惚れたり、愛情みたいなものを感じたりする人というのは、すごい強い人か、とっても弱いところがある男だろうな。しかしきみは男と寝ても立ち直るのが早い人だろうと思うんだ。その行為の後ですぐシャンとする。だから男にしてみれば、つい三〇数秒前まで絶え入りそうな風情で、そういうおもざしをしてのたうち回っていた人が、たちまちピョンなんてベッドからおりて、サッサッサッサッと荷物を片づけはじめたりするんでガックリくる、そういう感じなわけ。
太地 ハハハ……。のたうち回るだって（笑）。
五木 男がゆったりと起き上がって身づくろいして、「おい、もう起きろよ」なんていうのに、「あたし、もうだめ」なんて肩で息してるような、そういう女じゃないわけですよ、あなたは。

太地　（ポンと手を叩《たた》いて）それをしなくちゃいけないと、あるときわかった（笑）。

五木　本当はおそらく立ち直りの早い人だろうと思う。ヒョイなんてリズムつけてベッドから飛び降りてトイレへ駆け込んだりするようなね。男の人は憮然《ぶぜん》とするところがあるわけだ。もう五分ほど、ちょっと遅らせてもたついててくれれば救われるのに。

太地　そうなの（笑）。

五木　騙《だま》されたような気になるわけだ。さっきのあれとこれと同じ人かと思うくらい違うのが、女の人だっていう事実に白《しら》けてしまう。

太地　でも、男の人っていうのは、女より醒《さ》め方が早いわけでしょう？

五木　男っていうのは、どんなときでも多少は醒めているわけでしょう。だから、昔の原始人が草っ原で女の人を抱いているときには、絶えずうしろから獣がくるんじゃないか、よその部落の人間がうしろから矢を射込むんじゃないかと思いながら、セックスしながら左右を警戒したり、背中で警戒してた。だから、完全に我を忘れるということはないのです。八分陶酔して二分醒めてるというね、そういう本能があるんじゃないかしら。いちばん無防備なスタイルじゃない、あれは。男が下になっていればそれは楽だけど、勝新みたいに（笑）。

太地　だけど、あたしは絶えずまわりに……。

五木　気を遣っているわけ？（笑）
太地　そうなの。
五木　だから、下の人が安心して、「ハアー」なんていっちゃうわけか。
太地　そう（笑）。あたしはいつも守ってやらなきゃならないっていう感じなの。
五木　上の人のほうががばっているわけですよ。だから下になっているほうが安心なんだ。あなた、体重はいまどのくらいありますか。
太地　四六キロくらい。
五木　わりと最近眠っているでしょう。本当にコンディションがいいみたいだ。
太地　いま好きな芝居やってるから。去年は芝居でも、どっか抑えつけられるみたいなところがあったの。
五木　仕事と私生活両面にわたって、交通整理がわりとうまくいっているわけか。
太地　いま混乱状態なんですよ。
五木　ほう。
太地　いつも混乱。混乱好きなの、あたし。
五木　混乱のほうに生きがいがあるみたいなところがあるようだね。
太地　そうなの。「大変大変」というのが好きだから。

写真は石山貴美子撮影、1982年、TBSラジオ「五木寛之の夜」収録時のもの

五木　鵜飼《うか》いの鵜匠《うしょう》みたいなもんだ。
太地　あえて混乱させておいて困っているわけよ。

絶対、嘘を通してほしい

五木　だけど、それにしてもちっともくたびれてないというか、バテてないからえらい。
太地　あたし、タフなんです。
五木　躰《からだ》つきなんか見てると、それこそ、わりとほっそりしてあれだけど、非常に強靭な生命力というのか、そういうのがあるね。だから、ちょっとスキャンダルめいたものが立っても、ぜんぜんそれが影響しない。
太地　そういう意味でもタフね。
五木　かえって、そういうのがみんな肥やしになるみたいなとこがある。
太地　でも、傷つきやすいことは傷つきやすいのよ、これでも。
五木　でも、すぐ立ち直るじゃないですか（笑）。男と別れるときなんて、どんな具合かしら。スパッと行きますか。
太地　そんなに経験ないもの、本当に。

五木　少ない例の中からでも結構です（笑）。つまり、女のひとって別れるとなるとえらく残酷だよね。もう掌かえしたみたいにはっきりしてしまう。居直るっていうか、男がきみを見そこなった、なんていやみ言うのに対して、ビシリと言い返したりするでしょう。「なにぐずぐずいってるのよ、だからどうだっていうの。そうよ。あたしはそういう女よ。それで？」なんて言う人がいる。

太地　それが、あたしはできないの。気が弱くって。

五木　それでその場しのぎのことをいっちゃうわけか（笑）。

太地　相手を傷つけたくないじゃない。たとえば別れるにしても、本当に嫌いになって別れるっていうことないのよね。だから、一生懸命嘘《うそ》ついて別れるわけ。傷つけないようにして。つき合っているときでも、ゴシャゴシャになっちゃったときに、とても嘘つくわけ。それで「本当のことをいってくれたほうが、よほどぼくは楽なのに」なんて男の人に泣かれたりして。

五木　よく言うせりふだね、それは。

太地　で、ほんとのことというでしょう。するとバシーンなんてアッパーカット食らったりなんかするわけ（笑）。嘘だとわかっていながら、本当なのよ、あのときこうだったのよ、といってほしいわけよ、男の人は。だから、女の人が一生懸命嘘つくっていうのは、大切にしたいから嘘つくわけよね。どうでもよかったら嘘つかないの。そこらへんが、いちがいにあれはいい加減な女だというふうに処理するでしょう。でも、そんなふうに見ちゃいけないと思うの、あたしは。

五木　それはやっぱりあれだな。何が嘘で、何が本当かというのは、ちょっとわからないしね。だから、そのときいちばん本当なのは、別れるときでもあんまり傷つけたくないというやさしさだけかもしれない。

太地　そうそう。たとえば夫婦になって旦那がだれかと浮気して、あたしが通りがかりに二人でホテルへ入るところを見ちゃったとしても、絶対、嘘を通してほしいと、あたしは思うわけ。「そうだったんだ、実は。許してくれ」といわれるより、「バカヤロウ、人違いだよ」ってね。あたしは絶対間違いないと思っても、最後までそういうふうにいってほしいというところがあるのよ。だって、いまわりと、わかった振りみたいなポーズとる男の人多いでしょ。「いいよ、いいよ。まあ、お互いに自由であればいいじゃないか」なんて。それ、あたし、ものすごく嫌いなの。だってそんなの粋《いき》がりであって。

五木　男の負け惜しみ。

太地　そう、それがすごくやなの。やっぱり辛《つら》いわけだし、辛いなら辛いで出したほうがいい。だからあたしは、三八歳以降の人を信じられるというのは、そういう面で、すごく本当のことを言ってわかってもらえるから……。

五木　以降というのは、どっちへ以降ですか。上ですか、下ですか。

太地　上。

五木　三八を下限として上のほうか。

太地　そう。だから五〇とか……。

五木　そういう人は信じられるわけ?

太地　信じられるの。

五木　なるほど。

太地　こないだ、あたしより五つくらい下の人と話したんだけど、もう乾き過ぎているのね。ものすごく不感症じゃないかっていう感じがあるわけ。だから、わかり過ぎちゃっている不幸みたいなの、ものすごく感じるの。あたしは、浪花節《なにわぶし》なんてちょっと好きなんですけど、そうできないから浪花節が好きなの。だから、そういうものをとっても求めてるの。でも、そういう世の中じゃないでしょう。どっかでいつも醒めてるでしょ。醒めたくないという何かあるわけ。だから『ロメオとジュリエット』のときも、とっても一生懸命演《や》って楽しかったの。そういうことっていまないでしょ、愛のために死ぬなんてこと。あたしは芝居でしかこういうことできないんだなあ、と思ってほんとにうれしくて演ったの。

五木　そうだね。絵空事《えそらごと》というけど、結局それがないから、そういうものを演ってもらいたいわけで、日常生活の繰り返し演ってもらっても困るわけだ。

太地　どっかでそういうものっていうのは欲しがっているのよ。

五木　だけど、それを現実にやると世の中渡ってゆけないから、芝居ででもせめて観て、その瞬間だけでも自分が生きたいように生きてるっていうことかな。

太地　そうそう。その五つくらい下の男の話だけどさ、MGのスポーツカーかなんか乗って、「キミ、クスリ飲んでないの。古いね」っていうのよ。「クスリやらないで、芸術なんてできると思ってるの」って。

五木　まるで安っぽい小説みたいな話だけど。そういう風俗って、あるんだね、やっぱり。

太地　あるんですよ。そんな子供がね、ぼくらがこれからの映画界を改革していくんだって頑張ってるわけ。ワァー、時代変わったなァ、という感じで。

五木　なんだかバアさんみたいなことといってる。

太地　でも、ほんとだもん。あたし古いの。

五木　でも、そこがぼくにはとっても新鮮に見えることがあるね。アンダーグラウンドに行かないでやってる点なんかも、太地喜和子はそういう新しい方向感覚とか、思想があって断固としてやっているのかなあとも思うし、そうじゃなくて、何となく自然に、本能的にそういうふうな生き方を、自分で選んでいるのかなあという感じもあり、とても面白いわけだ。

太地　「どうして喜和子は、文学座のような体制の中から抜け出ないか」ってよくいわれるの。でも、いま、あたしは抜けたいと思わないし、もし抜けたとしたって二番煎じなわけよね。

五木　それはそうだし、それにその事は比較的やさしいことでしょう。

太地　そうなの。だって何のために抜けるのかっていうと、結局、テレビの仕事に追いまくられるだけでしょ。好きな舞台ができるっていう場とかさ、もうちょっと利己的に考えれば、やっぱり、あたしは残る。それは、勇気がないとか、そういうのじゃなくて、やっぱり、自分がいまできる場所というのは、ここだって感じるから、いるだけで、それが古いとか何とかいわれても、あたしは何とも感じないわ。

五木　それをやることに抵抗の多いほうというか、困難なほうを選ぶべきだと思うね。だから、いま出るというのはあなたにとって楽な道だと思うよ。さほどほかの人もびっくりしないし。

太地　でしょう？

五木　あなた自身も、それをやるために一週間悩むということもないだろうしね。まあ、いいじゃないですか。人には言わせておくさ。

太地　いいけどさ。それにあたし、杉村春子さんや、劇団のひとたち、好きだもん。

五木　話は変わりますけど、あなたはマージャンなんぞはなさいますか。

太地　やらない、やらない。そりゃあ旅に出たりしてそんな場面ありますよ。でも、マージャンって大変じゃない。あんなものやってたら恋なんてしてられないわよね、きっと。だって時間がどんどん過ぎていっちゃうでしょう。もったいないじゃない。

五木　とにかく四人でやるものだから、約束なんて絶対できないね。

太地　あたし、そういう人たち見てるから、どうしてこんな、いつ死ぬかわからないときにマージャンなんてやって夢中になってと思うわけ。もっとサ……。

五木　四人でやるより二人でやることをやるべきだ、と（笑）。

太地　そうよ。女といるほうがいいんじゃないかなあと思うわけよ、あの人たち。

五木　そうかね（笑）。それにあきちゃってマージャンに走るということもあるかもしれない。

太地　もうちょっと自分の時間を持ったほうがいいんじゃないかと思うの。そのために、あたしはマージャン絶対覚えないの。夜が終わっちゃうもの、すぐ。もったいないじゃない。

五木　マージャンは時間食いますからね。しかし、マージャンやってる分には、奥さん方、安心するけど。

太地　マージャンよりも、あたし、歌手っていうのはとってもいいと思うんだけど。

五木　うん、あれはいいと思う。小説家というのは同じ小説、毎回書くわけにはいかないでしょう（笑）。歌だって、そりゃあ一回ごとに感じはちがうだろうけど、曲や文句は同じでいい。『オール讀物』に書いて、『小説新潮』に書いて、『小説現代』に書いて、それをまた、毎月毎月同じものを一年か二年くらいは書いていていいわけだからね（笑）。

太地　あたしたちだって毎回毎回違うせりふを覚えなくちゃいけない。こないだテレビ見てたら、若い歌手が出てきて、お母さんの声でいままでこんなに苦労してきたということをバックで流して、ボロボロ涙流してうたってるんですよ。あたしたち、そんなのないですものね。一〇年苦労してきたって、何年苦労してきたって役でやるしかないでしょう。

五木　文学座ではロックミュージカルみたいなものはないの。

太地　ないですね。

五木　『飢餓海峡』はいつからですか。

太地　一二月九日から東横ホール。絶対観にきてくださいね、こんどは。

五木　気に入っているわけですか、今度の役。

太地　とても気に入ってるの。

五木　十八番の女郎をやるわけだね。

太地　そうなんです。それも恰好いい女郎じゃないから気に入ってんですよ。ものすごく土着的で。

主婦に警戒されている

五木　大体、あなたってそうだね。変な言い方だけど、洋服の好みなんか多少土着的というか——。

太地　そう（笑）。

五木　シックということばにちょっと程遠い感じで。

太地　アッハハハ……。

五木　ぼくはそこを買っているわけです。

太地　よろこんじゃいけない（笑）。

五木　つまり、いまページを開けば『an・an』とか、あるじゃないですか。あれは一種のサロン的なヨーロッパに後進国として憧《あこが》れるという風情なんですね。ところが、太地喜和子が洋服きると、どうしても、紬《つむぎ》とか絣《かすり》の感じになるでしょう。パリ製の洋服をきても非常に日本風の洋服になるというところが……。

太地 ウフフフ……。

五木 だから『飢餓海峡』の東北弁使うのなんか、すごくうまくやれるんじゃないかと思う。

太地 あたしはやっぱり、土着的なもののほうがいいんですね。だからあたし、美空ひばりとか、水前寺清子さんがすごく好きなんですよ。というのは、どんなにおかねかけてやっても垢《あか》抜けないでしょ(笑)。あんなに儲《もう》けてても。

五木 チャイナドレスみたいなのとか、ちょっと信じられないような洋服きるよね、あの方々《かたがた》は。

太地 それがやっぱり、すごく可愛いとこあるみたいな感じなのね。スキがあるから。

五木 いや、確かにそうだ。ぼくはあなたが計算してやってるんじゃないかと初め思ったけどね、ほかの男たちとか女たちにあんまり優越感持たせないというところなんぞ憎いよ(笑)。

太地 それは顔立ちかしらね。鼻が低いとかサ。

五木 顔もやはり、日本的だよね。般若《はんにゃ》型かおかめ型かというと、おかめ型だもの。

太地　おかめ型、そう。だから、テレビなんか出てても、反感持たれないの。二号さんの役やっても茶の間に入って、「あ、あの人よりあたしのほうが鼻が高いなァ」という感じがあるんじゃないかしら。

五木　反感は持たれはしないけど、警戒はされているよ、あなたは。

太地　そう？　ちょっと希望が持ててきた。

五木　やっぱり、茶の間の主婦たちにしてみれば、あれは亭主をチラチラと心悩ませる存在だなと、そういう役あるじゃないですか。横から男をとっちゃうとか。つまり、妖《あや》しい色気っていうのが主婦はいちばんいやなわけだ。

太地　あのね、ちょっと聞いてよ。（パッと坐《すわ》り直して正座する）あのね、あたしはネ、色気っていうのはぜんぜんないんだ。ただね、あたしが信用されるっていうのは、笑うときに大きな口、パカァーッとあいて目がなくなっちゃう。自分の顔ぜんぜん気にしないような顔しているからだけども、パァーッと笑っちゃうところが、すごく男の人に信用されるの。あの笑い顔で、喜和子信じられる、というわけ。

五木　フーン、なるほど。

太地　ちょっと違うかもしれないけど、色気ってのと。

五木　クチャクチャになっちゃうわけ（笑）。

太地　そうそう。クチャクチャに笑っちゃうわけ。

五木　なるほどね。冷静に分析すると、太地喜和子は、そういう土俗的なクシャクシャになる顔なんだけど、つまり、顔は仙花紙《せんかし》風なんだけれども（笑）躰つきは非常にきゃしゃで、ちょっとオーバーな言い方をすれば、しなやかなムチみたいな躰をしているんだよ。お尻が黒人的でしょう、見てると。うちのかみさん、太地喜和子はお尻が恰好いいっていってたけど、つまり、お尻をパッと切ると、かまぼこ型にならずに、焼きちくわ型になる躰つきじゃない？

太地　（笑って）うん。そう。うしろに出っ張ってる。

五木　ちょうどおへそのところで切ると、チクワの切り口になるんじゃないかと思うね。そういうあれっていうのは、やはり、躰は日本人的じゃない。

太地　そうかしらね。あたしね、ちょっと自分でいうのもおかしいんだけれども、もう、いま二八でもうすぐ二九になるんですけど、躰がギスギスって瘦《や》せてるの。お尻もちっちゃいし、胸もちっちゃいし、みんなちっちゃいの。うしろにお尻だけピッと出てる。それがすごく、少年っぽいんだって。

五木　そのアンバランスが面白いんだよ。黒皮の拍車《はくしゃ》のついた靴なんかはいて、ロルカのお芝居なんか合うんじゃないかな。とっても残酷なところが出るんじゃないかという気がする。そこがいい。

太地　あたしはネ、ちょっとそうなんですよ。（坐り直して）サディスティックなところがあるの、精神的に。

五木　そうかもしれないね。ぼくは、あなたと喋っていると、何だか共犯者みたいな気になってしようがない（笑）。同類っていうか。きみが女泥棒で、ぼくはうしろから、あすこ、こうやってああやって盗めっていうのが、いちばん合ってるんじゃないかと思う。

太地　それ、面白そうね。やりましょうか。

五木　ぼくがおだてて、きみが調子に乗って「じゃ、やってみるか」なんて（笑）。だからきっと、ぼくときみとは美人局《つつもたせ》をやるとうまくいくと思うね。「あれ、ちょっとキザだから、こういうふうにひっかけて」「うまくいくかしら」「絶対大丈夫」「じゃいってくるワ」とか、そういう感じ（笑）。

太地　やれる。絶対できる（笑）。ときに、ちょっとトイレ行ってきていい？

五木　昔のお女郎はそんなふうに客をごまかして回しをとったもんです（笑）。

五木寛之傑作対談集 1994年

不合理ゆえに吾信ず〔抄録〕

五木寛之×
埴《はに》谷《や》雄《ゆ》高《たか》（作家）

埴谷雄高（はにや ゆたか）

1909年12月19日〜1997年2月19日。台湾・新竹生まれ。本名は般若豊《はんにゃゆたか》。小説家、評論家。日本大学中退。日本共産党に入党し、思想犯取り締まりのため、1932年に逮捕。未決囚として豊多摩刑務所に収監されるが転向出獄した。戦後、『近代文学』創刊に参加し、「死霊」の連載を開始する（未完）。1950年、『不合理ゆえに吾信ず』刊行。1970年、『闇のなかの黒い馬』で谷崎潤一郎賞受賞。主な作品に『虚空』『闇のなかの思想』『影絵の世界』がある。

写真（前頁）は内山英明撮影、1994年

五木　最近アルコールはいかがですか。鰻ばかり召し上がってるとか聞きましたけど。

埴谷　アルコールがだんだんだめになってきて、ほんの少ししか飲まないのですが、鰻のおかげで幾分元気にはなりました……。

五木　できるだけ歩くようになさったほうがいいですね。

埴谷　ええ、歩くために鰻を食べているのだけれど、それがだんだん飽きてきて、注文する時間がだんだん遅くなって、あまたきょうも鰻かと思うとお腹がすかないんです。けれど鰻以上の栄養のものは、僕は今はおかゆですが、おかゆなんか食べても栄養にならないでしょう。おかゆはうんと食べるというわけにいかないでしょう。

五木　トカイワインがお好きだそうですが、なかなか見つからずにきょうはカルバドスを持ってきました。

埴谷　トカイも飲みますけれど、昔ほど飲めなくなった。というのは、大岡昇平全集の打ち合わせを筑摩書房でするからといったんだけれども、その前は成城の中華料理屋へ車で僕をわざわざ運んでいってくれたんだけれど、とてもだめだといったら、僕が退院したからうちの応接間でやるといってここでやったんです。それで大江健三郎君がそこにいて、菅野昭正君がここにいて、そのときに退院して初めて飲みながらやった。そうしたら「埴谷さん、元気だね」と。口だけは死ぬまで元気でいようと思っているから、電話の相手はみんな元気だねといって。口だけは本当に元気だけれども、そのときに飲みながらうんと疲れちゃった。

五木　ルポルタージュで陋屋《ろうおく》と書かれたとかいう話は、このお宅のことなんですか。

埴谷　それはずっと昔で、そう、この家（笑）。

五木　天井などを拝見しますと、昔の応接間というのは本当に立派なものですね。

埴谷　昔は、玄関を入ると必ずこっちに応接間をつくって、要するに昔の家は天井が高い。これは当たり前なんです。今の低いほうは、まあだんだん倹約してそうなったわけですね。

五木　壁の境目のところにちゃんとトリミングしてあるし。

埴谷　トリミングしてあるばかりでなく、古くなったから少しはひびが入っているんです。これを建てたのが昭和九年ですから。

五木　なんだ、あれはひびが入っているのか（笑）。

埴谷　昭和八年に刑務所から出てきたら、お袋が安心して空気のいいところにと。僕は結核でしたから、そのころはここら辺はほとんど人が住んでなくて、井の頭公園はあったけれど、空気のいいところだったんです。ここに建てたら、ほかがどんどんでき始めてこんな繁華街になったんですが。

五木　昔は田んぼの真ん中ですね。

埴谷　ええ、これは畑の真ん中。畑の中に建てたんです。
五木　近くに前進座があって、建物をつくったときには本当に畑の中だったと聞きました。
埴谷　ちょっと向こうへ行ったところが前進座ですけれど、前進座ができたころも畑の真ん中でしたが、それよりも前だから、なおさら何もないときで確かに空気もよかった。というのは、昔の結核の療法は「大気、栄養、安静」といって、うまいものを食ってぶらぶら寝ていて、窓をあけっぱなしなんです。だから冬は寒いのでうんとかぶって、空気をよくしなければだめだと。要するに薬がない時代は空気でよくするというんだけれど、冬は本当に寒い。
五木　昔、我々が学生のころ、昭和二〇年代ですが、この中央線沿線を自分たちの根城にして暮らしたり、アルバイトしていた時期がありまして、中野、吉祥寺のこの辺は本当に懐かしい場所だったんですが、昔はほんとに家が少なかったですね。
埴谷　井の頭公園があってちょうど真ん中ぐらいでしたから。今は吉祥寺は若者の街になっちゃったけれど、昔はよくここへ来ました。菊池寛が井の頭公園で恋人と関係する話を書いたから、井の頭公園も非常に有名になっちゃった。そのころは、向こう側の北口でおりてずっと先まで、大踏切というところ、今は線路が上になったから下を通れるけれど、昔は踏み切りを渡らなきゃならなかった。ところが井の頭公園へ行く踏み切りは、ちょうど上がなかったためにうんと待たされましたね。

五木　中野に「クラシック」という喫茶店がありましてね。今でもまだあるんですけれど、そこの二階が梁山泊のような場所で、青黒い表紙の『死霊』や、『不合理ゆえに吾信ず』という奇妙な本に私が初めて出会ったのはその「クラシック」なんです。詩人で作家でもある川崎彰彦君が私たちの仲間をリードしておりまして、彼が本当に埴谷教のオルガナイザーで、我々の間に埴谷病を蔓延させた張本人なのですが、「クラシック」がその牙城《がじょう》だったんですよ。

埴谷　〝名曲喫茶時代〟という時代がありましたからね。深刻な顔をして、いわゆる名曲を聞いてシーンとしている。吉祥寺にもありましたよ。わいわいいうと「うるさい！」というわけで（笑）、深刻な顔をして聞いていましたが。

五木　ええ。「らんぶる」とかいろいろありました。まだ六全協のちょっと前ですから、やはりプロコフィエフとかショスタコーヴィチだとか、そういうものに人気があって、まあ一所懸命聞いていたものですが、昭和二七年ですからもう四〇年前ですね。そのころ読んでいた本の著者の埴谷さんとこうしてさしでお話ができるというのは本当に感無量です。しかもこんなにお元気で。

埴谷　いや元気の最後で、今日もきみとの対談のあることを忘れていて外出しようとしたけれど、この前、僕が書いたものをほうっておいたら未來社が本にしてくれるというので、もう僕は編纂できないものだから、未來社で昔、僕のものをやった編集者が来てやったら、「埴谷さん、これもあった、あれもあった」というけれど、「あれ、そんなこと、僕は書いたかな」「そんなことしゃべったかな」とかいって、全然忘れているんです。

つまり、ぼけてちょっと忘れているというんじゃなくて、完全に記憶から脱落しているんです。それで「あんなもの書いたかな」といったら、「書いた」といって現物を持ってくると、確かに書いている。脳はどんどん崩壊しているんですね。足がだんだん悪くなったというんじゃなくて、脳細胞がだめになって記憶が脱落しちゃった。

「明るく楽しいドストエフスキー」

五木　いま思い出したんですが、私と埴谷さんの初対面は、有楽町の朝日ホールか何かで、ドストエフスキーの生誕何百年か没後何百年かの講演会があって、私が埴谷さんの前座を務めた。

埴谷　あのときのあなたのドストエフスキー論をきっかけに、「明るく楽しいドストエフスキー」が始まった。あなたがいったのが実現して、それからそういうドストエフスキー論もどんどん出てくるようになった。

五木　あれにはわけがあるんです。名曲喫茶で額にしわを寄せて深刻に読まなきゃいかんというイメージだけがその当時まだ強かったものですから、たまたまあのとき、会場に行く途中に、隣に日劇の建物がありまして、東宝なんです。そこに大きな垂れ幕がかかっていて、それに「明るく楽しい東宝映画」とあった。それで話の枕にそれをもじって、冗談っぽく「明るく楽しいドストエフスキー」といったんですが。

埴谷　そのことをどこかに書いていますけれど、あれをいったことがきっかけで、実際そうなった。そういうドストエフスキー論がかなり出てきたから、あなたはそういう先駆者ですよ。

五木　あそこでそういう話をしたのは、埴谷さんのユーモアについて語る人がそのときはほとんどいなかったんです。じつはドストエフスキーに託して埴谷論をやったつもりだった。

埴谷　まあそうですね。

五木　ドストエフスキーもそうですし、カフカもそうですし、この間、島田雅彦さんとの対談のときに、島田さんがカフカのユーモアについて語っておられましたが、埴谷さんというのはすごくおかしいところがあるというのが私の考え方だったものですから。

埴谷　僕のユーモラスな面について強調してくれたのは澁澤龍彦だけですよ。澁澤は、埴谷さんのは娯楽小説、エンターテインメントだといって、どこかの雑誌に「『死霊』エンターテインメント説」というのを書いています。これはおもしろく書いたんだといっているけれど、そういうことをいわないでほかの批評家はみんな深刻なことを書いて、批評のほうが僕の『死霊』より難しいんです。どういうことだろうと勘繰ってもわからないようなことを書いている。あれは困りますね。

五木　私は軽薄なせいで、おもしろいところを探して読んで喜んでしまうところがあります。大西巨人さんの仕事など、やたら難しい作家のようなイメージを持っている人が多いようですが、とてもおもしろいです。あの方の『神聖喜劇』という作品は最初は光文社からノベルス判で出たわけですが、そのときに私はその本にそえる短い文章を書かせてもらったのだけれど、『神聖喜劇』を読んで爆笑する部分があるわけですね。ものすごくおかしいところがあるんです。だからドストエフスキーも、それから埴谷さんも、カフカも、時にはニヤリとしたり、あるいは思わず爆笑するところがあってもいいじゃないかというのが、六〇年代の当時の私の発言だったわけ。

埴谷　あなたの発言は正しかった、ドストエフスキー自体がそうなのだから。とてもおもしろく書いているんです。時々笑うように書いてあるわけですね。ドストエフスキーも意識的にやっていますから、そういうことを除いて、深刻なドストィフスキーばかり出てくるから、埴谷論もまた深刻になっちゃったんです。

五木　埴谷さんはそもそも最初からロシア文学、レールモントフやゴンチャロフなどをお読みになったんですか。

埴谷　僕に限らず、将来文学でもやろうと思う文学青年はみんな読んだ。全部ロシア文学から始まったんです。正宗白鳥などは、ペチョーリンの『浴泉記』の部分的な訳、そういうものから出発している。それからツルゲーネフの一部分。要するにロシアの森林の話、独歩の『武蔵野』よりずっと前にロシアの全訳でなく部分的な訳が出たのがとても影響している。殊に『浴泉記』は『令嬢メリー』かな、ペチョーリンのものは三部か四部に分かれていますが、そのうちの一部を訳したのは物すごく早い。

五木　『現代の英雄』ですね。

埴谷　そのうち『浴泉記』として、湯治場の話。

五木　コーカサスの温泉場。

埴谷　それが日本の文学に非常に影響したんですね。あのころは勝手な名前をつけて訳したわけですから、内容には即しているけれど、どういう内容だかわからないような題名をつけた。

五木　ロシア文学の題名の翻訳は、日本人は実はうまいと思うんです。

埴谷　本当に題名はうまくやっていますね。

五木　例えば「イディオット」を「白痴」と訳してしまいますと、本来の「イディオット」の意味からいうとちょっと堅苦しいような気がしないでもないのですが、あれが「間抜け」や「阿呆」ではちょっとね（笑）。

埴谷　遠藤周作が『おバカさん』という題の新聞小説を書いていましたが、ロシアの人が日本語で「ドストエフスキーの『馬鹿』はおもしろい」といわれてもわからない（笑）。本当に日本語はうまいぐあいのものを持ってきて題にしちゃう。『浴泉記』も、白鳥はずっと後でレールモントフとわかったけれど、初めはわからないんです。わからないけれど感心したんですね。

『近代文学』の時代

五木　私たちの世代は、『近代文学』の方たちが旺盛に活動されていた時代に学生時代を送っているわけです。

荒正人さんや平野謙さんたちには一つの知識への姿勢というものを私たちは教わったし、

花田清輝には物の考え方の方法を教わったし、本多秋五さんは『戦争と平和』を読む上での年長のライバルだった。しかし、埴谷さんはちょっと違った。どこが違ったかというと、一つ一つの作品の問題じゃない。そんなに量は多くありませんし、そうではなくて、つまり埴谷さんという一人の人間が存在している。その空気からその存在感がこちらに伝わってくる。花田清輝は読まなきゃわからないんですが、埴谷さんは読まなくてもその本を自分が持っているだけで、埴谷さんの思想が肌から伝わってくるような（笑）、そういう存在だったんですよ。

私たちは学生のころから埴谷さんのことをいろいろ考え続けてきた。それは時代の深海の底に大きなクジラがいて、そのクジラが時々尾びれをちょっと波の底から見せてはまた海の中にもぐり込んでいく、そういう感じをずっと持ち続けていたんですね。それは今でもそうなんです。

埴谷　あなたが思い続けてくれたのはありがたいけれど、こちらは長生きし過ぎて、花田なんかより長生きしたら、今、足が悪くなったと同じように、脳細胞もうんと悪くなって、『死霊』が終わらないのは僕だけなんです。野間宏も大西巨人も戦後に長編を書いて終わった。戦後すぐに書き始めて、僕だけ終わっていない。というのは、だんだん難しくなるとともに、脳細胞が崩壊してその難しい問題を処理できなくなって、若いときはでたらめにでも、無理やりにでも処理したものが、今、自己批評というものが幾分発達してきて、若いときに無理やり処理したものがこれではまだだめだというほうが大きくなって、無理やり処理できなくなってきています。

九章ができないということは、これは不思議なことに、僕のファンに片島というＮＨＫのプロデューサーがいて、彼がずっと前から「埴谷さんが『死霊』についてしゃべるのをテレビで撮らせてくれ」というのを、僕はだめだと。テレビは出ないといったんだけれど、片島君が『海燕』の寺田博君と同道してやってきた。そういえば、『海燕』という名前は僕がつけてやった。

五木 それは初めて知りました。

埴谷 寺田は坂本一亀の後輩でしたから、戦後文学の初めからで寺田とはとても古いんです。寺田は絶えず僕のところに相談しに来て、福武書店に行く前にいろいろな企画を立てたのも、ここで徹夜して朝方まで寺田としゃべっている間柄だったから、『海燕』も名前がないというので——。『近代文学』は初めは『海燕』だったんです。

五木 『海燕』だったんですか。

埴谷 ええ。『海燕』だったけれど、最後に「文学」という名前が欲しいというので、『近代文学』に変わったんです。僕が九〇ぐらい書いていった中に『近代文学』も『海燕』もあったわけです。全員が名前を考えてくることといって、平野なんて二つか三つしか考えてこなかった。僕は手帳に思いつくままに書きつけていたからうんとあったわけ。最初に『海燕』が採用されたんですが、みんなが寝る前になって、「いや、文学という名前がどこかに入っているのが欲しい」といって。『近代文学』も初めあったのだけれど採用されなかったのは、前に『現代文学』があったわけです。『現代文学』の後に『近代文学』はちょっと変だというので採用しなかったんだけれど、「文学」が欲しいとなったら、『近代文学』でもいいと。それで『海燕』がなくなったんです。

そういう話をしたら、寺田が「それ、ください」と。「ン」がないと雑誌はだめなんだという、不思議な持論を寺田はいった。僕はそのとき初めて聞いたんですが、『文藝春秋』などがはやるのは「ン」が入っている。運がいいのは「ン」が入っていないとだめだ、『海燕』は「ン」が入っている。僕は考えたこともなかったけれど、寺田はそういうふうにいってもらっていったんです。

五木　なるほど。『群像』も『文學界』も『新潮』も、全部入っているじゃないですか。入ってないのは『すばる』だけか（笑）。

埴谷　寺田の持論なんです。それで『海燕』もつけたような間柄で、片島という人は、安保闘争時代に慶応大学にいてやったらしい。そのときに僕のファンになったらしい。その人がとうとう寺田をつれてきて、すぐここでやるというので、寺田と酒を飲みながらしゃべった。一昨年の冬からなので随分前ですが、寺田を連れて七回来た。寺田が聞いているんだけれど、寺田のほうは入らないで僕だけしゃべっている。

見たら、非常におとなしく酔っぱらっているときもあるけれど、うんと酔っぱらっちゃって、大放言しているところもあるわけだ。僕も嫌になっちゃったけれど、もう今さらどうしようもない、撮られちゃったわけだから。九六年の一月九日から五日間放映するんですよ。僕は編成局長がよく許したと思う。『死霊』なんかやって首切られないかといったのですが、片島というのはやはりちょっと変わっていると思われているんでしょうね。だから許されたんですが、そういうものを許すような局にＮＨＫもだんだんなってきているらしいけれど、それにしても型破りなんです。五日間もやる。

それで今、音を入れて、朗読を入れているんです。朗読は俳優がやるんですが、片島君がその台本を全部書いている。僕がしゃべっているところだけをこの間見せてもらったら、やっぱりひどくて、普通にしゃべっているときはいいけれど、うんと酔っぱらっているときは偉そうなことをしゃべっているんです（笑）。

五木　しかし、私は最近思うようになったんですが、例えば自分の口から出てしまった言葉、さっき放言とおっしゃったけれど、そういうものや記憶違い、こういうものはやっぱりあるものなんですね。ですから、非常に雑多なことをしゃべった後で、それをきちんと整理してみますと、筋は通るかもしれないけれど、生きた人間のあり方というのは矛盾したこともいうし、放言もするし、ちょっと大胆過ぎるような仮説も出すし、前と違ったこともいうし、でも、それも全部まるごとひっくるめて一人の人間の発言ですから。

埴谷　あなたの時代はまだいいけれど、僕の時代になると、思い違いも記憶喪失もうんと激しくなっちゃうんですよ（笑）。

五木　年を重ねてきて、例えば八〇を過ぎたということで昔の自分には見えなかったものが見えたという部分があると思うんですが、いかがですか。

埴谷　今、僕が『死霊』のことをいったのは、内容が昔よりわかるわけです。このぐらいじゃだめだというのをわかるために、若いときなら書いてそのまま出しちゃうものが、これじゃ出せないと。これよりもっと深く、裏の裏があるような何かを書かなきゃだめだというふうに。要するに『死霊』の九章が書けないのは、津田安寿子の誕生祝いのために出現論と未出現論の二つをやるわけです。我々は出たけれど、出ようとして出られなかったもの、例えば津田安寿子のきょうだいはおかあさんのところにいかないで、精子が何億匹とほかはみんな死んじゃうわけです。そういうふうに出現しないものが、人間もいて、自分が出現するためには自分の横に出現しないもの、つまり「きょうだい殺し」をした。しかしこれは簡単な例であって、宇宙の物質そのものは、今は何とか粒子といわれているけれど、出ようとして出られないのは、津田安寿子の場合の入間と違って物質にもある。物質でも出現できたものが今の現宇宙だけれど、現宇宙のほかにもたくさん宇宙が出現しているけれど、出現できなかった宇宙があって、その中に本当の自在宇宙、自由そのものの宇宙があるはずだと僕は書いているんですが、それができない。

ということは、未出現の自在宇宙を抽象的に書いてもしようがない。具体的なイメージで書かなければいけない。そのイメージはやはり今の現宇宙の何かのものを使った小道具のイメージなんです。だから、よほどうまいものを使わないと飛躍できない。そこへ僕はいって、未出現でとまっちゃったんです。

五木　今のお話を伺っていますと、最近の分子生物学や遺伝子の考え方では、遺伝子の中には発現しなかった、つまりジャンクと呼ばれる一見無意味な存在が無数にあって、それは永遠に発現しないかもしれないけれど、それがあることによって大きな突然変異が起こり得る可能性があるというわけですから、その発現しなかったものが実は物すごく大事なものをはらんでいるという話ですね。

埴谷　遺伝子や分子生物学の世界でそういうことがやっとわかってきたんですね。僕は物の本質もそうだというわけなんです。今の宇宙のほかに未出現で、我々は社会革命をやってもとてもだめだから存在の革命をやろうと思ったら、存在の革命は未出現の本当の自在宇宙にいかなくちゃいけない。それをしゃべろうとしているんだけれど、できない。というのは、出現宇宙を小道具に使うよりしようがない。抽象語としての未出現だけでは納得させられない。文学は、残念ながら何か物を使ってその裏の裏を想像だけで察知させるだけで、裏の裏を抽象語で書いても納得しないんです。やはり本人が、瓶なら瓶から瓶でない何かの物へ飛躍して考えてくれる想像力を働かせてくれないとだめなんです。年をとると批評眼だけが発達しちゃって、そんなものじゃだめだと絶えず思うわけです。

五木　肉もついてなきゃいけないし、皮膚もなきゃいけない、洋服も着てなきゃいけない。観念がひとり歩きしているだけではなかなか伝えられない……。なるほど。

埴谷　ところが、その未出現を扱うために出現したものの扱い方はよほどいいものを扱わなければ、想像力で未出現に飛躍してくれないんです。五章の自在宇宙で、あるときは死者の電話箱にゾンデを入れて聞くと死者が応答してきて、「今だんだん死んでいくよ」「とうとう死んだよ」といって、死んだ後の存在のざわめきが聞こえてくるという死者のテレホンをつくった。そうしたら、ムーアの世界は幾分はわかったわけですね。しかし、ムーアの世界も空間と時間と重力を克服しただけで、自己というものは克服していないというところでムーアの世界は終わっている。しかしそれにしても、死者の電話箱をこしらえたから一応ムーアまでいけたわけだけれど、今度の未出現は死者の電話箱ではない何かうまいものを使わないと未出現までいけないです。

五木 キリスト教も仏教も、やっぱり自分たちの考える神や仏の方便法身のような形のものをかりなければ語り得なかったわけですから、今おっしゃっていたことはまさにそうでしょうね。でも、埴谷さんが余り遠くへいってしまわれて、読者がみんな取り残されてしまうのでは困りますから、ほどほどのところで続きを書いてください(笑)。

埴谷 ほどほどのところと自分でも思うけれど……。

五木 それが許せないと。

埴谷 ほどほどでも、これでいいほどほどだというところにいけばそれでいいんです。しかし、これでいいほどほどだというところまでやはりまだいかないんです。これは弱ったものですね。

今は幸い天文学でニュートリノという、天文学者にはちょっと思いがけない、質量がほとんどなくて、地球でも何でも物体はすべて貫通していく超新星の爆発で、神岡鉱山というところで検出されたわけです。だから今、ニュートリノの研究は天文学者は盛んにやっていますけれど、しかしかすかに質量があるから、どこかではとまるかもしれないけれど、とまらないでニュートリノへ今どんどん飛んでいっている。そういうニュートリノが実際にあるということは、今でも我々は通っているわけですが、宇宙線は通っているけれど、宇宙線は鉛の板があるところでとまっちゃう。ニュートリノも、何トンという大きい鉛の板をやればとまるだろうといわれているけれど、鉛の板は大きいものはないから、どんどん貫通していっちゃう。そのニュートリノが貫通していっちゃうと、自在宇宙に近いことは近いんです。つまり、ニュートリノ自身にとっては障害物が何もない。我々が空間に左右されているというのは、障害物に頭をぶつけちゃって、ドストエフスキーじゃないが壁にぶつかったらそのまままとまっちゃう、あらゆるものがとまる。光がとまると影が後ろにできるわけですね。しかしニュートリノは、自分というものを考えたら障害物がないものなんです。我々が考える自己は、あらゆる自己は革命を起こさないと、社会なら社会革命、存在なら存在革命が起こらないと自己を貫徹できないようになっているわけです。ニュートリノはそんなことは考えたことがない。

そういうことが僕を助けているわけだけれど、ニュートリノ宇宙ではだめなんです。要するに今ニュートリノをかりて、僕の『死霊』の九章でニュートリノ宇宙ができたからというようなことやっても全然だめなんです、ニュートリノというのは既に現在発見されているものなのだから。そうじゃなくて、現在ありふれたものを何か使って、こういうコップでもいいですが、コップを落としてガチャンと割れた瞬間のコップのガチャンという音、それをコップ自身の苦痛の悲鳴として、その苦痛の悲鳴からだんだん自在宇宙へ飛んでいくというふうな何かをつくらなければだめなんです。

五木　なるほど。

埴谷　現実にそのまま、すぐ身近にある何かからやらなきゃ。

五木　私は昔から記録と記憶ということにこだわっていて、例えばウクライナで一九三七年にスターリンがこういうことをやったという記録は残っているけれど、そのときにそこで流された血の量や色、悲鳴、今おっしゃったガラスの壊れる音は記録には残らないんですね。今、世界を動かしているいろいろなものはそれじゃないか、と。かつて「ルサンチマン」という言葉で卑しめられてきた記憶の集積、つまり韓国の「ハン（恨）」のようなものが今の民族紛争などの大きな根のところにあるんだということをいい続けてきているんですが、今おっしゃったことを聞いてよくわかります。壊れたときの破片は残るけれど、割れた音は記録には残らないですからね。

埴谷　あなたがいわれたものをうまいぐあいに文学的に使って、そこからいけば僕の架空の世界のものを暗示できるのだけれど、暗示する壊れたときの音、悲鳴、その悲鳴を使っても、読者が「このぐらいじゃだめだぞ」といったらだめなんです。もっと、「あ、これぐらいならひょっとしたらいけるかな」というものを、その悲鳴を出すものが問題なんです。

五木　なるほど。埴谷さんは自分の進むべき道を一筋に進んで、世の人間のことは考えずに、自分の観念の中で一所懸命実験を繰り返していると思っていたのだけれど、実際にはつくる側と読む側とがぶつかったときの、その場に発するものが作品だというふうに考えていらっしゃるということがわかった。

埴谷　片島君のものは一月九日から放映されますが、そこで何遍も語っていることは、僕が考えたことは読者が納得しなければだめ。読者が、「これはばかげたことだ」と思ったら途端にだめ。その読者は無限の読者なんですよ。一人の読者ばかりでなく、たくさんいる読者が全部納得して、「そうだ、自在宇宙があゝいうふうになればひょっとしたらあるかもしれない」と納得してくれなきゃだめということが基本なんです。

僕自身は思索だけの極限にいくけれども、その思索の極限は納得されるものでないとだめだということとなんですね。ということは、初めは自己納得なんです。その自己納得は、他人も必ず納得してくれるに違いないという自己納得でなくちゃだめなんです。それが、若いときはこのぐらいでいいという自己納得で、今読んでみて、これじゃだめだというのがうんとあるわけです。年をとればとるほど、自己批評が幾分高度になってきて、このぐらいじゃだめだというほうが強くなっちゃって、若いときにはやっちゃうことがなかなかやれないんです。

五木　しかし、突飛ないい方ですけれど、埴谷さんはどうやら阿弥陀さんになられましたね。阿弥陀仏というのは、一人残らず自分の名をとなえるものを全部抱え込んで引き受ける、それを悲願として願う存在なわけですね。その阿弥陀の力を無碍光《むげこう》、あらゆるものを貫通する力というわけだけれど、そういうふうに考えると、一人一人に届かなきゃいけないと同時に、一人も残さずというところ、今のお話を聞くと、埴谷さんは阿弥陀になっちまったなという感じがしてくる。

埴谷　困ったことに、『近代文学』といわれるとき、本多秋五が百年後というようなことをいって、僕も賛成で百年後といっていたんです。そんなことは妄想であって、百年後という言葉はあなたがいう一人残らず貫通しなくちゃだめだということをいっている。そんなことはできないわけなんです。できないけれども、そういう志を持って始めたわけだから……。

五木　おっしゃるとおりです。例えば宗教が成立するというのは、できないことをやろうとする話だから成り立つわけですね。絶対的な自己矛盾、撞着《どうちゃく》があるわけだし、それがもしできることであったら、今埴谷さんがおっしゃった表現者の志というものは、ひょっとしたら成立しないかもしれない。

埴谷　それで僕が「不可能性の文学」というのを書いたら、種村季弘が「ほかの人にできないのはできないのといわなければ……」と。確かにそのとおりで……。
五木　それが「不合理ゆえに吾信ず」ということでしょう。
埴谷　そんなことをいって、実際は不可能性の文学なんていうのはできないに決まっている。『死霊』がとうとうできなくなるといったから……。
五木　私はそれこそ四〇年間、埴谷さんの存在を感じ続けてきて今、あらためて「おまえは埴谷の存在は何だと思う。『不合理ゆえに吾信ず』、これだぞ」といわれた言葉にまた戻ってきたような気がしますね。
埴谷　あそこから出発したわけで、『死霊』はあれの延長なんですから。『不合理……』の中に全部出ているんです。ただ、『不合理』の場合は短いアフォリズムみたいだから、書けたわけだ。『死霊』のような大長編になっていろんなことが入っていないとだめだと、一カ所つまずくと先へいけない。つまずいたところでずっと……、そこを何とか乗り越えなきゃだめだと思っても、なかなか乗り越えられない。だから九章は、考えてはいるけれど難しいなと思ったら本当に難しくて、今の自在宇宙でとまっちゃった。
『死霊』は百枚ぐらいできているんですけれど、三百枚の予定で「あとすぐだからできるよ」と『群像』の編集者も絶えずここへ来るわけです。その後ちょっとだけれど、自在宇宙のところでとまっているんです。ということは、ごまかして通ればいいということが、若ければもう少しやったかもしれないが、今はごまかして通ればというふうにいかないんです。やはりあなたのいう、だれでも「これならひょっとしたら自在宇宙へいけるかもしれない」という、そういうところまでいっていないとだめだということで、コップの悲鳴じゃないけれど……。

五木　大変ですね。しかも、それを一人一人に納得させつつやるわけですから。

埴谷　百年後も納得させなきゃだめだから。

五木　かつあらゆる人、あらゆる時空にわたって納得させなきゃならんというのは、不可能を可能とすることなので次元が違う話だと思うけれど、でも、私たちにはそれが一番現実的に感じられるんです。ソ連七〇年の革命の歴史というのは、とりもなおさず一応はそういうことをやろうとしてそれができなかったわけですからね。ですから、ああいうことは繰り返し繰り返しこれから先も起こり得るだろうし、最も現実的なことでしょう。ベルリンの壁の崩壊もそうですし、ソ連社会主義の崩壊もそうですし、根底にあるものは〝百年後一人残らず皆〟ということだろうと思います。

埴谷　本多も僕も百年後とは、『近代文学』も偉そうなことをいったわけだ。

五木　でも、あっという間にもう五〇年たちましたからね。

埴谷　本当にたちましたね。

五木　ドストエフスキーが一人の赤ん坊の悲哀をどう救済するかが文学の課題だといったけれど、いまは本当にそう思う。

埴谷　神様に祈った女の子のことをドストエフスキーは書いているでしょう、あれはすごい。確かに、ああいうふうに祈っても祈っても神様はどうしようもないんです。それを少しは、神様ほどはいかないにしても、本でやっておくと科学者が出てきてもう少しはよくする。少なくとも殺人犯はなくなるというぐらいにならないと困る。あいつを殺してやろうという気持ちにならないように、今の社会環境は経済的貧困が底にあって、恨みをもって殺すのは、あいつは金持ちでおれにくれないとか、底にあるのはやはり貧困なんですね。その貧困は自然からも来ている。社会から来ているばかりでなく、生まれたところが悪ければどうしようもない。そういうことも二一世紀の後半にはやってもらいたいと思って書いているんだから、物すごくたくさんのことを書き込んでいかなきゃならない。

五木　本当にご苦労ですね（笑）。

埴谷　ちょっと大変なことだけれど、しかし『近代文学』をやったということは、大岡と同じようにうーんと人殺しをした後ですから、人殺しをしないようにするためにどうしたらいいかということは文学ではだめだけれども、だめな文学でもやっておく。

五木　埴谷さんのお話をいま伺っていて、『近代文学』の本質の一つは不可能な希望を夢見ることにあると今改めて思って励まされたような気になりますが、私たちもやっぱり不可能な希望を夢見ていかなければいけないんだなと改めて感じますね。

埴谷　文学があるということは本来そういうことだと思うんです。不可能な希望を夢見るからこそ無理して書く。僕は今度もいっているけれど、白紙に書く。白いところは何を書いてもいいんですから、歴史はあったことを記録して書いたけれど、自分の希望を書いたっていいんです。しかし、その希望は大体不可能だからうまく書かなくちゃ、「こんなばかなことを」といわれたら、それはもう伝達しないんです。だから、うまいぐあいに書かないとだめだ。あなたが我々の『近代文学』より超えているのは、音楽の世界をよく知って、ラジオからの始まりだけれど、その時代の女の子の歌い手と直接接したわけです。それによって音楽が本当にわかった。我々みたいにレコード音楽じゃなくて、実際に女の子が歌うのを見て、「この子は成長するな」と思いながら聞いていたわけです。というようなことは、アメリカはロシアから行った音楽家が云々とだんだん広がっていく。初めからだんだん広がっている世界に自分の身を置いているから、自分も広がったわけです。なかなかそういうふうにやれない。

五木　遠くから埴谷さんのお仕事を見ながら、大阪労音やＣＭの仕事をしたり、レコード会社にいたり、そういうところをいったりきたりして、昔でいう河原者の世界をしていたことはそれなりによかったのかもしれません。

埴谷　いや、非常によかった。しかも、河原者の世界でもあなたは直観力があって、その直観力によってだんだん成長するわけだけれど、「この女の子は伸びる」という直観力があった。あの時ボロ服を着た女の子が来て歌って、あなたは書いていますが、確かに将来伸びた。そういうふうな自然の始まり、ロシア人が自然の始まりの根源に達するみたいに、音楽の根源から発展まで、だからショスタコーヴィチにいくまでは大変素朴な始まりがあるわけだ。そういうところからいっているから、あなたは幅が広い。

植民地で生まれて

五木　小学校は台湾のほうの……。

埴谷　生まれてから中学一年まで台湾で過ごしたんですから、子供の時の印象はほとんど台湾ですね。

五木　僕も中学一年まで朝鮮でした。

埴谷　台湾も、製糖工場というのは田舎につくっていたんです。街は日本人街というのがありまして、台湾人も時々来るだけだから接触する機会はわずかで、普通の台湾人を見るよりしようがない。ところが工場になると周りに台湾人がいて、工場の社員だけがいるわけで、その社員が台湾人をなぐったんです。街じゃわからないですよ、さすがに街では台湾人をぶんなぐったりしないから。工場にいたから、僕は本当に日本人は嫌になっちゃった。テレビでもそういうことをしゃべっているけれど、親父は女房でも子供でもすぐなぐる時代なんです、明治の昔は。だから、台湾人もすぐなぐる。それを見ているのが嫌になっちゃってね。植民地でも場所によりますよ。

五木　朝鮮でも日本人はよくなぐっていましたよ。昭和に入ってからでもね。日本人でも僕ら生徒はいつもなぐられていましたから。

埴谷　ああ、そうですか。じゃああなたも見ているわけだ。僕は台湾人がなぐられるのを見て、本当に日本人は嫌になっちゃったですよ。親父は日本人だし、自分も日本人だというので……。「自同律の不快」を説明するためにそういうことをいっているわけですが、やはり環境下の子供で、植民地生まれでなければ、しかも植民地のそういう田舎でなければわからない。だから、少年の時の環境というのはとても大きい。

五木　三木卓も、高井有一も、川崎彰彦も、私も、それぞれ半島大陸の引き揚げ者なんです。みんなああいうコロニーの経験者、植民者の子弟ですから、どこか違うところがあるんですね。

埴谷 ええ、違います。それは日本だけで育った人とは違いますよ。

五木 なんとなく変なところがある（笑）。

埴谷 しかも、植民地の場所によってまた違う。日本人がいると余りわからないですよ。植民地の朝鮮人の中とか、台湾人の中とかいると大体わかるんですね。

五木 そのころは蕃社《ばんしゃ》の話などは聞かれなかったですか。

埴谷 生蕃《せいばん》の人たちは台湾人よりもっと奥の山にいましたから。

五木 霧社事件はいつ頃でしょうね。一九三〇年だから昭和五年か。

埴谷 あの時の台湾総督は軍部出身で、朝鮮総督もそうですけれど、何かあるとすぐおさえなきゃならない。僕たちが中学へ入っても全部軍事教練ですよ、普通の体育の時間は鉄砲を持って。

五木 たしか乃木希典も台湾総督だった時期がちょっとありましたね。

埴谷 そうです。後藤新平が民政長官で総督の下にいた時に、台北の街をいわゆる昭和通りですね。台湾ではサンセン道路というんですが、雨が降ると氾濫《はんらん》するところなんです。今でも暴風雨の時は沖縄はすごいけれど、台湾も何日間も雨が降ってすごいんです。そのために泥沼になるというので、台北の街を大きなコンクリートの道にして両側に、僕たちが入っても足りないほど大きい溝を掘って、今の昭和通りは溝がないけれども、真ん中に草花を入れて大きい道をつくって、台湾ではサンセン道路といっているんです。大きな道をつくって、台湾の場合はその端に溝をつくって入る、雨が降ったらすぐ流れ込むように。後藤新平が帰って、東京市長の時に震災に遇《あ》ったわけです。だから後藤新平はあのころ百万円の復興計画を出したが、後藤新平の大ボラ吹きと復興案は通らなかったんです。わずかに許されたのが昭和通りだけなんだ。

五木　へえ。昭和通りはそうなんですか。

埴谷　昭和通りは台湾のサンセン通りなんです。後藤新平が台湾でやってきたことを東京で、焼け跡だから今ならできるとやろうとしたんだ。だけど、うんとカネがかかるというのでほかのやつは皆反対して、昭和通りだけ許したわけです。あれは新宿のほうにもみんなつくっていれば、自動車の渋滞にはならなかった。

五木　ところで奥さんとは、どうしてご縁ができたんですか。

埴谷　日大の学生時代、僕は俳優と演出をやったんです。原泉子《せんこ》（後の原泉《いずみ》）さんを僕は日大時代に演出しているんですよ。

五木　なるほど。

埴谷　その時、原泉子さんと原さんの妹とうちの女房と、三人が素人女優で来たわけです。

あのころ大学の芝居というものは、ユージン・オニールの芝居とかをやるのに女は出られないから素人女優を使うわけです。素人女優はそういうところを相手に回っているわけだ。

五木　そういうわけか。

埴谷　初めは原泉子も素人女優だったんです。「埴谷さん、演出なんかできるの」って原さんはいっていたけど、僕は演出しているわけです。そういう中に女房はいたわけです。途端に惚れられちゃったんですよ。

五木　ハハハ（笑）。

埴谷　僕も弱った。それはまだ若いですから、若ければ向こうも惚れる相手としていいように見えるわけですよ、あなた。先輩に「埴谷さんに惚れた」といったら、その先輩が「敏ちゃんが思っているから、つき合ってやれよ」と。つき合ってやっているうちに何となく……。

五木　つきあってやっているだって（笑）。

埴谷　これも偉そうですね。こういう者を救わなければ社会革命はできないと思った（笑）。本当に自己合理化なんですよ。あのころの男性は自分の観念だけで生きて、「じゃあ引き受けるよ、来たいなら来ればいいだろう。そのかわり何も持ってくるな、おまえの体だけ来い」といったら、僕の母親が今度困ったんです。勝手にそんなもの来てくれちゃ困るというわけですよ。だから初めのうちは母親も姉も反対していたけど、豊（雄高）がいいというんなら、まあしようがないからいいということにしようということで来ちゃったんです。

五木　埴谷さんのところは女系の家族ですね。どんなご家庭だったんですか。

埴谷　鹿児島に加治屋町というところがありまして、母のほうは伊東家といって陽明学者なんです。それで西郷とか大久保が東郷平八郎の隣で、今でも高校の庭に東郷の何とかって残っているんですが、その隣が僕の母親の家なんです。陽明学者だから西郷なんかがみんな来ていたわけです。そういうやつが、母親の兄弟は全部結核で死んじゃったんです。だから、昔の結核はどうしようもないんです。『不如帰』の浪子さんじゃないけれど死病。しかも伝染するから子供の時にうつっちゃうんですね。僕の母親が偶然残って、おじいさんが台湾へ連れていって。おじいさんというのは僕と同じに怠け者で鍬《くわ》も握れなかったから全部とられちゃったんです。だから、僕の親父はまた台湾へ行って、それを少しずつ買って取り戻した。その台湾で、おじいさんに連れられた僕の母親と僕の父親が一緒になって、それで僕が生まれたわけですけれど、両方とも流れ者なんです。しかも、母親のほうの結核の遺伝というのか、僕は中学で結核になったんですね。それから、父親は上顎がんですし、おじいさんは胃がんなんですよ。

それで僕も胃がんになったんですけれど、今の医学はすごいですよ。そこの角の医者で、時々バリウムを飲んで診《み》なきゃだめだといって診ていた。「ちょっと変だ、影がある」というんですよ。精密検査してくれといった時は、既に内視鏡がゴムになっていて。その前は木の内視鏡で痛くて、どうしようもないのに無理に突っ込むんです。その時も診られて、ちょっと変だと。昔、影がよくあったんですけれど、昔の内視鏡は痛かったけど、今度いったらうまく入った。ポリープがあるから培養して検査しますといって。医者はがんだというんです。がんだけれどポリープならとれば大丈夫、本当の初期ですと。

それからまた行って、内視鏡で見ながらとりましたが、「とった跡を見ますか」って、僕は自分で見たんです。そうしたら、赤裸々になっている。うまいぐあいに三つとった。だからがんも、僕が長生きしているのは、結核はストレプトマイシンで助かったし、がんは今いった内視鏡でレーザーメスでとっちゃった。だから医学のおかげで、しかも偶然的に、そういう始まりのときにレントゲンも見たし、レーザーメスでもやったというように、僕は医学の恩恵に非常に浴しているんです。

五木　その後の転移はなかったんですか。

埴谷　だから毎年見せてくれといって、見ているんです。今年ももう見たんですが、僕は毎年見せることになっているんです。できても、またすぐとれるというんです。一年のうちにできるのは、がんというのは物すごくゆっくりなんですよ。僕は平野謙が食道がんになった時、僕の昔の左翼の仲間の宮内勇という、彼はもう死んじゃいましたけれど、宮内と戦争中は『新経済』というのを一緒にやっていたわけです。その宮内勇と六高時代の梶谷というのがその時大塚の癌研《がんけん》の院長をしていた。その梶谷も今は亡くなりましたけれど、その宮内が平野がそうなら梶谷に頼もうといって、僕と宮内勇君が一緒に梶谷に、平野の『さまざまな青春』という本を持っていって、こういうやつだけど、今食道がんという診断を下されたからぜひ助けてやってくれといったら、梶谷は「引き受けた」といって、レントゲンを見てこれならば大丈夫だといったけれど、かなり進んでいるから、全部とって管を引っ張りあげて胃につないだわけです。だから、食べ物がなかなか入っていかない、トントンとおさめて。それで体重がなかなかふえないで、平野は絶えずそれを問題にしていました。

僕は日赤へ心臓の検査に行く帰りは、必ず平野のところへお寿司を買って行くことにしましたけれど、平野は大部いいにしてもかなり進んでいたんですね。だから無理やりに引き上げた時代だから、単に僕みたいにポリープをとってというものじゃなくて全体に衰弱して、最後は蜘蛛《くも》膜下《まくか》出血だからがんとは全然関係ないですけれども、体力は弱ったわけですね。

そういうふうに、仲間はどんどん死んでいっちゃって僕が生き残っているというのは、女房にはすまないですよ、女房はうんと苦労したから……。

五木　僕も弟が割と早死にしたんですが、そういう時に自分の悪い分までもっていってくれたような気になって何となく申しわけない気がすごくあります、先にいった者に対してね。

文学と批評家の関係

五木　ところで、井上光晴さんが亡くなられた後、『海燕』で瀬戸内寂聴さんと随分長い対談をなさっていましたね。

埴谷　そうです。井上はここへ来て、写真が残っているけれど井上光晴、橋川文三、島尾敏雄と、三人とももういないんです。いつでも正月に来る約束になっていた。僕がだんだん弱ってからやめたけど、昔は正月はずっとやっていたんです。みんなここで、まあ井上は大きな声で威張っていましたけれど、今考えたらみんないないない。しかも、みんな僕より年下なんです、これは弱ったものですね。橋川なんかは亡くなると思わなかったですけどね。

五木　いろんな人たちがいなくなっていきますね。

埴谷　確かに僕が後の人に話すと、だんだん孤立して、埴谷さんたちはいい時代だったなと。確かにいい時代だった。というのは、仲間に恵まれていたということなんですね。今は、いい仲間がいても孤立して、ぽつんぽつんといるだけなんですね。ところが昔はそういういい仲間と会っているから、殊に岡本太郎なんか「何だよ、太郎」っていいたい放題。お互いやっつけても平気な時代だったからとてもよかった。今は太郎もぼけているけれど、昔は太郎が物を描いても、「ちょっとはいいけれどあとは全部だめ、おまえの『森の掟』というのは全然だめだよ」といったら、「ちょっとよくて、あとはだめということはない。お釈迦様は全部いいんだ」って、太郎もなかなか反撃がうまくて、そういわれれば確かにそうだなと思って（笑）。

五木　でも、岡本さんは日本の縄文に対しての先駆者ですよね。非常に早くからそういうものをおもしろがって発言されていた。

埴谷　縄文が一番いいといったわけです。

五木　いい目してましたね。

埴谷　だから、アバンギャルドも本当のアバンギャルドだった。つまり、昔から既にアバンギャルドはあったということなんですね。岡本太郎は説得性があって、梅原猛が今盛んにいってますけれど、先駆したのは岡本なんです。岡本はフランスへ行ってやはり絵描き仲間と論争しているから、けんかにならなかったのがよかったですね。

五木　なるほど。

埴谷　「おまえは違っているんだぞ、ばかっ」といっても、お互いにけんかにならないですよ。だから僕は幸いした。あと花田と僕もいい合ったらけんかになった。

五木　花田さんとはどういうことで論争があったんですか。

埴谷　スターリン批判の時。自分が女房にはスターリン的なくせにスターリン批判するのはけしからんということを書いて、花田がそういうこともわからないんじゃ今の日本の共産党はだめだと。その時、花田や佐々木基一は共産党に入っていた時代だから、僕が共産党をやっつけたら花田は怒った。そういう点は、昔の花田も渾身の共産党員でしたよ。党の悪口をいわれたら、自分の悪口をいわれていると思ったわけだ。

五木　そういう時代があったんだなあ。

埴谷　時は過ぎ行きで、どんどん過ぎ行く。その過ぎるのも、真ん中に入っているとよくわかるけれど、その真ん中に入っている人同士でないともうわからないんですよ。

五木　だから私はやっぱり、小説家の仕事の一つはその時の印象とか、それから感情を残す。例えば江戸川乱歩が出現して、文学史では「何年何月に習作発表、人気が出た」と。

でも、それを読んだ一読者の新鮮な驚きというのは記録に残らないわけです。記憶にしか残らない。その記憶を語り続ける必要があるという気はするんですね。

埴谷　ええ、そういうことですね。

五木　死んで消えてしまうわけですから。例えばいまだに井伏鱒二さんが、石原慎太郎と三島由紀夫が同時に出てきたような絢爛《けんらん》たる感じだったといわれても、「龍膽寺雄ってそんな人ですか」っていうぐらいのものだよね。だけど、実際は井伏さんの記憶のほうが正しいんだから。我々は記録されたもので現在に起こったことの三分の一ぐらいしか本当は理解できていないんですよ。

埴谷　そうです。だから、文芸評論家の目のつけどころがいいと、何十年たっても少しずつ掘り起こしている。ということは、その同時代者がやはり全部報告していないから、うんと残っているんです。あの批評家はすごいなというのは、単なる一部分を掘り起こしているだけでもすごいなといわれるわけです。それほどうんと隠れているんですよ。

五木　竹中労の親父さん（挿絵画家・竹中英太郎）なんか、あんな売れっ子だったなんて後からでないとわからないね。

埴谷　竹中労なんか知らなくて僕なんかびっくりしたから、覚えていたからよかったわけですよ。そういう覚えている人が死んじゃったらもうどうしようもない、わからない。

五木　たとえば『新青年』というものの存在は、一つの事実のディテールでもあるけれど、コップが壊れた時の壊れた音でもあるわけだ。壊れたことは記録として残るけれど、例えば芥川龍之介は「漠たる不安」というが、漠たる不安の内容が我々には実感としてわからないんです。どういうものだったかわからない。いろんな評論家はいろんな説明をしますよ、でもやっぱりわからない。その時代の悲鳴のようなものを彼が聞いていたことは絶対間違いないわけであって、その辺をもう一遍掘り起こして再現してもらいたいという気持ちがありますね。

埴谷　いや本当に、文芸批評家も今はたくさんいるわけだから、いろんなことを掘り起こす時に掘り起こし方をいろいろ新しくすると、さっきの悲鳴も少しはわかるぐらいになるわけだから、うんと工夫してくれないとだめなんだけれど、文芸批評家もだんだんだめになっているんです。

『新青年』でも何でも、とにかくうんと読まなきゃだめですね。平野はうんと読んだんです。今の批評家はフランス系の何かを読んでもほかのものはうんと読まない。何でもかんでも、出てるものをみんな読むというふうでないと事実の裏はわからないんですよ。

五木　一つの作品があるでしょう。その作品が、同じ号の雑誌に載った時に、どういうものが同じ目次に並んでいるかというのはすごい大事なことだと思う。

埴谷　そうなんです、大事なことです。

五木　それが共にコンチェルトのように響き合うわけだから、それが時代というもんでしょ。

埴谷　時代です。

五木　だけど、一つだけ抜き出して、それをある作家の生涯の年譜の中でつなげていったんじゃあわからない。

埴谷　ええ、わからない。

五木　埴谷さんが書いている、井上光晴が書いている、吉本隆明が書いている——それに当時のくだらない政界の話題。それが一冊の雑誌に同時に載っているというのはやっぱりすごいじゃないですか。

埴谷　今の日本文学全集をどこがやっても、昔ながらの同じ方式だけでやっている。本当に目が行き届いていないんですよ。活字になってから、どういう表現があったというのはうんとあるわけだから。『現代文学の発見』はできるだけ目を行き届かせようとした。あれは評判になったけれど、あとの出版社はあの方式を採用してくれないの。

五木　なるほど。

埴谷　やはり名作全集。名作というのは一部分なんですよ。本当の名作はこっちにあるのかもしれない、これはわからないですよ。ある価値基準だけでやっているんだから。

五木　ええ。

埴谷　価値判断というものは、戦後、まあ岡本太郎なんかが出てきて随分壊したつもりだったけれど、やはり壊れてないんですよ。ずっと前からの価値判断が生きている。それは結局、天皇が続いているのと同じで続いてるんですよ。だから、壊してくれといっても完全に壊れないから、編集者自体の頭の中が壊れてないから、全集をつくるとなるとどうしても昔からと同じ考え方でつくるわけです。それを読む人が、また変わらない。だから、なかなか変わらないですね。

五木　なるほど。

埴谷　文学というのは、文学の始まりから今までつながっているんですよ。そのつながり方がどうかということは批評家が書かなきゃいけない。こういうつながり方ではだめだ、こういうものがあったんだからこういうつながり方をしたほうがいいというのは批評家が書く。『新青年』と今とどういうつながり方をして、どういうところがつながっているけれど本当にいいところはまだつながっていないと、そういうことを書かなきゃだめですよ。

五木　『近代文学』を情人として、『新青年』を愛人として、その間に生まれた罪の子であるというふうに（笑）。僕らの仕事の遠い系譜というのは、埴谷さんと谷譲次、夢野久作とか両方から来ているわけだから、まさにそのとおりですね。だから、片方に花田清輝があって、片方に夢野久作があるというつながり。

埴谷　そういう横のことも書いて、埴谷と平野というのは、あのころ『新青年』にすごいのを書くやつがいたな、あれはだれだっけ」と一晩考えて、翌朝「竹中英太郎だっ」といったら、「ああそうだ」といった。そういったというようなことが伝わってきている時は伝わっているけれど、残念ながら伝わらないほうが多いというようなことを書く必要があるんです。あの一部分しか伝わらない。だけど、幸いなことに文学は全部がなくなることはない。あれはだれだっけなといったら、「あ、竹中英太郎だ」って出てくるところでかすかに伝わっている。だから断絶はしていないけれども、かすかな部分でしか伝わっていないのをこれからはもっと大きくしなきゃだめですよ。

というようなことをあなたは書く必要があるから大変だ（笑）。随分いろんなものに目を通して書かなきゃだめだ。

本当に、竹中英太郎を思い出すのに僕は一晩じゅう考えた。あれほどのものを忘れるはずないと思って、考えた。そうしたら朝、パッと出た。食卓の向こうに行って「竹中英太郎だっ」といったら、平野も「そうだ、竹中英太郎だ」と呼応するわけです。ボードレールじゃないが、こっちから音が向こうへかえってくる。コレスポンダンスするわけですからね。
文学は、こっちの人が向こうの人とコレスポンダンスしなきゃだめなんです。書いたものを読者が、「あっ」と思ったらそのまま伝える。だんだんよく伝えていくというふうでないと人類の意味がないわけだから。

五木 問答ですね。

埴谷 それをあなたがやってくれないと（笑）。それで、文学がやっていることは「いいものは隠れているよ」というようなことなんです。知らないものだけど、本当はここに隠れてたんだよということを探す役目が文学なんですよ。道徳とか天皇はもう探さない。上のいいものだけ、これはいいって。天皇陛下は敬えとか、下のほうのことはいい。しかし文学は必ず下のほうを、今までに知られなかったことを掘り起こして出して、そうすると読んだ人が「あっ」とわかるわけだ。そういうのがだんだん伝わっていって、恐らく文学がなくなることはないし、文学がなくなったらもうお終《しま》いですよ、そういう伝達がなくなったら。

お終いになるかしらと僕が思うのは、映画『バーバレラ』で手の平を合わせてわかるシーンがあるわけ。今は、恋人が何を思っているかわからないんですよ。だけど、「私のこと好きだと思ってるだろうな」と思っているわけだ。どうだかわからない（笑）。『バーバレラ』みたいに本当にわかったら、これは困るでしょう。だけど、本当にわかるまでの過渡期は全部想像力なんですよ。相手が納得しなくなる。「本当におまえを愛してるよ」といって「ああウソだろう」と思ったら、何かの瞬間、寿司のとり方か何かで、「あ、あの人は本当に私を愛してるって、やっとわかった」と。何らかの部分の具体でわかるわけですよ。

五木 そうです。

埴谷 つまり、具体が難しい。文学はその具体をどういうふうに書くかということなんですね。

五木 埴谷さんが、きょうこういうカーディガンを着て、お箸を出して最初にトロを食べるか、イクラをつまむか（笑）。「いや、おれはあんまり腹へってないんだけど」といいながら何を食うかというふうなことと、今話されたことは渾然一体となって本来はある。それを記録に残していく時には、そのいろんなものが全部落ちて言葉の意味だけが残るわけでしょ、ただいっていることだけが。それをもう一遍蘇らせるというのはすごい大事な仕事だと思う。

埴谷 だけど、あなたがやろうとしても、やはり出版するところがあって、その出すところをまた応援している人がいないと広がらないんです。本当にすぐれた人がいても、荒野のイエスでだれも知らなかったら、その人はわからない。僕はそういうことを書いて、インドにはお釈迦様以上のやつで死んだ人がいるだろうと。恐らくいるんですよ、いるけどわからない。

五木　ええ。

埴谷　しかし、文学はいるはずだということを書かなきゃだめなんですよ。お釈迦様だけではだめで、ほかにもいて、無名でだれにも知られないで死んじゃったと。そういう無名者を生かすのも文学の役目なんです。

五木　そういう代表者としてゴータマ・ブッダという人がいるんで、あれだけの大乗小乗の仏典というのは、何十何百のブッダがいたんだと思うのです。代表者として彼が残ってるだけでね。

埴谷　小さいことも非常に大きく見れば、何かの発掘ということは精神が入れないところまで向こうへ入っちゃう。人間ていうものはくだらないものだと思っていたら、大したものだなというのが入っちゃう。少しずつですけどね。そうやって少しずつ入っているんです。大変なことはそこに直面した人、知らないで直面しないで一生過ぎてしまえばそれでいいわけだけれど、偶然知ったらやらないわけにいかないんですよ。やるとなると非常に難しいことになっちゃう。時々、余り難し過ぎて自殺している人もたくさんいるわけだけど、やあ大変だ。

五木　やあ大変だというのをきょうの話のエンド・マークにしましょう（笑）。本当に長いことお喋《しゃべ》りしましたね。約四時間です。ありがとうございました。

凡例

一、本書は、五木寛之のおこなってきた対談、鼎談を収録したものです。
一、原則として、初出誌・単行本を底本とし、再録されている場合はそちらも参考にしました。
一、収録に際し、対談の一部を割愛、または一部修正したものがあります。
一、各対談の表記は原則として底本にしたがいましたが、漢字については新字体で統一し、送りがなやカタカナ表記などは一般的なものに修正し、読みやすさを考慮して適宜ルビを補いました。
一、今日の観点からは不適切と思われる語句や表現がありますが、対談が発表された当時の時代背景を考慮し、発言を尊重してなるべく原文のまま掲載しました。

初出一覧

モハメド・アリ「余は如何《いか》にしてボクサーとなりしか」『話の特集』一九七二年五月号、話の特集
村上春樹「言の世界と葉の世界」『小説現代』一九八三年二月号、講談社
美空ひばり「よろこびの歌、かなしみの歌」『月刊カドカワ』一九八四年八月号、角川書店

長嶋茂雄「直感とは単なる閃《ひらめ》きではない」 ニッポン放送ラジオ「ようこそ！ 長嶋茂雄です」二〇〇二年八月一九〜二三日放送。「直感とは単なる閃きではなく、それまでの経験が一瞬に集約された論理的なものではないでしょうか」『人生の知恵袋——ミスターと7人の水先案内人』幻冬舎、二〇〇四年

ミック・ジャガー「ぼくはル・カレが好き」「ミック、キースとの会話、そして彼らの世界」『ミュージック・マガジン』一九九〇年四月号、ミュージック・マガジン

キース・リチャーズ「男と女のあいだには」同右

唐十郎、赤塚不二夫「やぶにらみ知的生活」『週刊サンケイ』一九七七年五月一二日号、扶桑社

篠山紀信「〝大衆性〟こそ写真の生命」『アサヒカメラ』一九七五年一月号、朝日新聞社

山田詠美「女の感覚、男の感覚」『青春と読書』一九八七年七月号、集英社

坂本龍一「終わりの季節に」『月刊カドカワ』一九八八年二月号、角川書店

瀬戸内寂聴「京都、そして愛と死」『ミセス』一九八四年六月号、学校法人文化学園 文化出版局

福山雅治「クルマ・音楽・他力《たりき》」「新しい関係・寛容の90年代」『月刊カドカワ』一九九五年三月号、角川書店

太地喜和子「男殺し役者地獄」『オール讀物』一九七三年一月号、文藝春秋

埴谷雄高「不合理ゆえに吾信ず」〔抄録〕『五木寛之対話集 正統的異端』語り下ろし（対談収録は一九九四年一二月一日、埴谷邸にて）、深夜叢書社、一九九六年

五木寛之（いつき ひろゆき）

1932年、福岡県生まれ。作家。生後まもなく朝鮮半島に渡り幼少期を送る。戦後、北朝鮮平壌より引き揚げる。52年に上京し、早稲田大学文学部ロシア文学科入学。57年中退後、編集者、作詞家、ルポライターなどを経て、66年『さらばモスクワ愚連隊』で小説現代新人賞、67年『蒼ざめた馬を見よ』で直木賞、76年『青春の門』「筑豊篇」ほかで吉川英治文学賞、2010年『親鸞』で毎日出版文化賞特別賞受賞。そのほかの代表作に『風の王国』『大河の一滴』『百寺巡礼』、近刊に『新・地図のない旅』『こころは今日も旅をする』などがある。2022年より日本藝術院会員。

五木寛之傑作対談集 I

2024年11月22日　初版第1刷発行

著　者　五木寛之
発行者　下中順平
発行所　株式会社平凡社
〒101-0051 東京都千代田区神田神保町3-29
電話 03-3230-6573［営業］
平凡社ホームページ https://www.heibonsha.co.jp/

編　集　安井梨恵子、安藤優花（平凡社）
ＤＴＰ　矢部竜二
印　刷　株式会社東京印書館
製　本　大口製本印刷株式会社

ISBN 978-4-582-83971-5